LE PROJET DARKEMO

ROXANE HAMEL

Illustration : Émilie Léger
Mise en page : MiblArt

@ Roxane Hamel 2020
Tous droits réservés

Dépôt légal : septembre 2020
Bibliothèque et Archives nationales du Québec
Bibliothèque et Archives Canada

ISBN : 978-2-9819118-0-3

À ma fille Florence.

CHAPITRE 1

Par un après-midi d'octobre 2065, étalée sur l'édredon vert de mon lit et parcourant un vieil essai sur la mécanique des machines, mon esprit se mit à divaguer sur un passé qui était depuis longtemps révolu.

La Troisième Guerre mondiale fut déclenchée en 2042. Les grandes puissances internationales, aveuglées par leur cupidité, se mirent à convoiter les dernières ressources de pétrole et d'eau disponibles. Incapables d'en arriver à des pourparlers dignes de ce nom et de mettre de l'eau dans leur vin, elles se bombardèrent à coup d'ogives nucléaires, peu tracassées qu'elles étaient par le sort des vivants.

Les premiers temps, il y eut quelques nations qui résistèrent, et c'est à cette époque que mon père et ma mère, de fervents survivalistes, construisirent à même leur maison un abri souterrain dans une salve désespérée de se terrer du mal qui se rapprochait de leurs frontières. Ils avaient réussi à amasser suffisamment de victuailles pour remplir leur panse quand les bombes les atteignirent de plein fouet. Sans l'abri, la vie de mes parents aurait été fauchée. C'est le sort qui fut réservé à tout notre village d'ailleurs, qui n'était maintenant plus qu'ossements, vapeurs empoisonnées et cendres.

Quelques années plus tôt, au printemps de l'an 2048, Robert Amaryllis, jeune finissant prodigieux en ingénierie électrique, picolait quelques verres au bar du Chemin du Roy avec trois collègues universitaires. Après un dur labeur de quatre années d'étude, ils pouvaient désormais porter le titre d'ingénieur junior et mener la vie dont ils avaient rêvé depuis qu'ils étaient gamins. L'ambiance ce soir-là était propice aux réjouissances. Sentant son gosier à sec, Robert s'était rendu au comptoir pour se commander une cervoise, et ce fut une adorable serveuse aux cheveux d'or qui l'accueillit d'un sourire franc. Ils discutèrent de tout et de rien. Ses yeux, d'un bleu métallique, l'avaient envoûté à un point tel qu'il ne s'était pas rendu compte que la soirée était maintenant bien avancée. Ses amis avaient quitté l'établissement depuis fort longtemps, et il était toujours là, attablé à lamper quelques chopes pendant qu'il apprenait à mieux la connaître. Elle s'appelait Juliette, et ce travail, elle le faisait pour payer ses études en enseignement. Malgré sa délicate apparence, elle dégageait un aplomb certain et une confiance en elle à toute épreuve.

Cette nuit-là, il ne revint pas seul chez lui. Il épousa ma mère deux années plus tard. Noah Amaryllis, un magnifique petit blondinet angélique aux trains fins et aux pommettes rosées, naquit tout juste avant le conflit qui décima notre race. Mon frère aîné avait eu la chance de sentir la caresse du vent sur son épiderme et la douceur de l'herbe fraîche sous ses mains. Ses prunelles avaient pu contempler les rayons levants de l'aube estivale. Moi, je n'eus jamais cette possibilité. Ce fut donc dans ces circonstances que Robert et Juliette me firent aboutir sur cette terre déchue.

— Toujours à lire ce vieux bouquin ennuyeux, rouquine ?

Noah était adossé contre le cadrage de porte, un cure-dent virevoltant entre les dents. Il était grand, fier, beau et doté d'une morphologie appréciable. Le portrait calqué de notre mère, les muscles d'adonis en moins.

— On n'est pas tous comme toi, blondinet. Un cerveau, ça se muscle aussi, tu sais, décochai-je.

Loin de s'en offusquer, Noah s'esclaffa en bondissant à mes côtés pour m'ébouriffer les cheveux. Malgré la dissemblance de nos personnalités, une complicité fraternelle nous unissait depuis la petite enfance, et taquiner mon frère sur son léger manque d'intellectualité faisait partie d'un des petits plaisirs de mon quotidien.

— Remarque que c'est une bonne chose de lire ce livre. Papa vient encore de briser sa radio. Et devine qui il a demandé pour la réparer ?

— Laisse-moi deviner… Moi, j'imagine ?

Noah acquiesça d'un doux coup de tête, un sourire plaqué au faciès.

— C'est toi la championne ! Papa aurait pu le faire lui-même, mais il n'est pas tellement dans son assiette… D'après moi, maman n'en a plus pour longtemps. Je pense que tu devrais aller lui rendre visite, sœurette, dit-il, la gorge nouée par l'émotion.

Maman. Depuis quelques mois, un mal grandissant s'était emparé de sa chair. Une tumeur avait étendu ses griffes en son ventre, et sans aide médicale extérieure, l'impuissance d'agir nous avait contraints à la regarder se détériorer à petit feu. Ce n'était plus qu'une question de temps avant que la bête féroce contenue dans son corps frêle prenne l'entière possession de sa toute dernière flamme.

Je hochai délicatement la tête et me tirai hors de la couche. Mes pas me menèrent vers l'autre extrémité de l'abri, là où se trouvait la chambre de mes parents. La porte était entrebâillée, et ma mère, allongée sous ses couvertures bourgogne, me fit signe d'entrer. J'allai m'installer à ses côtés et enveloppai ses mains glaciales dans les miennes. Son regard vitreux me fixait intensément, un léger sourire se dessinant sur ses lèvres, alors que son corps chétif se soulevait à grand-peine au rythme d'une lente respiration. Elle faisait peine à observer.

— Anna. Ma chérie. Tu es venue. Noah a finalement réussi à te convaincre de laisser de côté ton bouquin un peu pour venir voir ta pauvre mère malade. Je sais à quel point tu aimes lire et apprendre, mais crois-moi, je n'occuperai pas trop de ton temps. Je ne veux pas t'embarrasser.

— Chut, chut. Ne dis pas des choses pareilles, maman, repose-toi. Garde tes forces. On est ensemble, c'est ça qui m'importe le plus. Je prendrai tout le temps qu'il faut pour être avec toi.

— Me reposer? Mais pourquoi? Je vais avoir l'éternité pour faire ça. Ce sera fini bientôt, et quand je serai partie, je veux que tu me promettes que tu vas prendre soin de toi. Tu prendras ma portion, et comme ça, tu mangeras plus à ta faim. Je te trouve amaigrie ces temps-ci. Il faut que tu te remplumes un peu.

Avec quatre bouches à nourrir pendant plusieurs années, trois fois par jour, sauter un repas devient la norme, et se rationner peut faire la différence entre une existence de courte durée ou quelques années de plus au compteur. Malgré toutes nos précautions, nos réserves de nourriture s'étaient considérablement amenuisées récemment, au point où chaque parcelle d'aliment gobé devait maintenant être dénombrée.

— Ton frère a retrouvé le boîtier musical que vous faisiez jouer en boucle lorsque vous étiez petits. Tu veux le voir ? Il est là-dedans.

Elle pointa le tiroir de sa table de chevet. Je l'ouvris et en sortis une boîte à musique faite de bois d'acajou, agrémentée par diverses marqueteries de formes abstraites et colorées. Je soulevai précautionneusement le couvercle et tournai la mince manivelle platinée. Une doucereuse et mélancolique mélodie résonna à travers la pièce. Des réminiscences de mon enfance me revinrent en tête, comme cette image de mon frère et moi, âgés respectivement de cinq et trois ans, habillés tous les deux d'un chandail vert forêt au col rond et à motifs de cerf, aidant maman à décorer l'arbre de Noël de guirlandes rouges scintillantes, alors que cette même ritournelle jouait. Assise sur les frêles épaules de mon frère à peine plus grand que moi, il tenta de me hisser afin que je puisse atteindre la cime du sapin pour y déposer une étoile dorée. Au lieu de ça, nous piquâmes une ferme plonge et nous nous retrouvâmes enchevêtrés entre les branches. Je restai avec les égratignures au visage de cette chute pendant une dizaine de jours, tandis que Noah en fut quitte avec une foulure à la cheville gauche. Maman avait dû terminer l'ornementation sans l'aide de ses deux petits éclopés.

Alors que mon regard revint se poser sur elle, je remarquai que son souffle s'était arrêté et que son abdomen s'était figé. Elle avait quitté ce monde sans dire un mot, une larme perlant sur le coin externe de son œil droit. Pour la première fois depuis longtemps, son visage m'apparaissait plus détendu, moins crispé. La mort l'avait délivrée de ses tourments. J'allai chercher Noah, qui s'effondra dans mes bras, le corps pris de secousses incontrôlables. Je caressai ses cheveux en le berçant doucement. Quant à moi, malgré ma peine, aucune larme n'arrivait à mouiller mes joues. Pas plus que les jours suivants d'ailleurs. La douleur de sa perte me tenaillait le ventre à tel point que je m'en trouvais transie.

L'état de mon père était bien pire. Il errait dans le salon, sans dire quoi que ce soit, le corps sur le pilote automatique, les yeux rougis et divagants dans la brume. Il ne s'était pas douché depuis trois jours et n'avalait presque plus de nourriture. Il passait tout son temps sur le divan à contempler le vide. Lui qui buvait rarement d'ordinaire lampait goulûment une bouteille de cognac vieilli. Je lui tendis un bol de potage aux épinards, qu'il se contenta de fixer avec son regard vitreux. Au bout d'un moment, il le prit et en ingéra l'entière assiettée, mais avec une lenteur déconcertante. Quand il reposa la jatte sur le meuble devant lui, un bruit sourd se fit entendre. Le grondement, d'abord faiblard, s'amplifia avec l'égrainement des secondes. Les cadres étalés sur les murs se mirent à dansotter, et les bibelots disposés dans les armoires se mirent à tinter entre eux. Le sol tanguait sous nos pieds. La porte du vestibule s'effondra en emportant avec elle un nuage de poussière. Lorsque cette buée grisâtre se dissipa, un individu d'une appréciable stature en émergea. Il devait être âgé d'une trentaine d'années, avait une chevelure hirsute et blond cendré qui lui arrivait à la hauteur du menton. Sa barbe était mal taillée. Il portait un uniforme pourpre et avait une oreillette accrochée au pavillon de l'oreille gauche.

— Ils sont trois, dit-il, deux hommes et une femme.

CHAPITRE 2

Après nous avoir révélé qu'il avait été en mesure de nous trouver avec l'aide de balises thermiques, le commandant Olivier Hardy nous avait fait monter à bord du LOGAN 558, un vaisseau de la flotte spatiale censé nous conduire sur une planète lointaine avec ce qu'il restait de notre peuple. Il nous sangla à de petits bancs étroits situés dans la soute. Il s'excusa pour le manque de confort, puis s'en alla.

— Pas de casque? demanda Noah à l'officier Hardy avant qu'il disparaisse derrière le cockpit.

— Non, ce serait inutile. La coque est pressurisée. Vous n'avez donc pas besoin de retenir votre souffle et vous ne vous envolerez pas dans tous les sens non plus.

Il sourit et nous laissa seuls. Une dizaine de minutes plus tard, Noah m'asséna un léger coup de coude dans les côtes pour me demander :

— Tu crois qu'il dit vrai et qu'il y a vraiment des gens là-bas?

Je haussai les épaules en guise de réponse, perdue dans les conjectures.

Le voyage dura en tout une soixantaine de minutes. Le commandant revint nous voir pour détacher nos sangles et nous faire sortir par la partie ventrale de la cale qui s'était abaissée. Nous étions dans l'antre d'un immense hangar où plusieurs autres engins volants, disposés en rang d'oignon, nous entouraient. Une femme à la crinière brune retenue par une natte et avec un large sourire laissant découvrir des dents droites et blanches était là pour nous accueillir. Elle avait de longs cils et des pommettes saillantes. Déjà grande, ses pieds étaient soutenus par de hauts escarpins, et elle portait un tailleur gris-anthracite qui soulignait sa taille fine. Elle nous présenta sa main, qu'on serra chacun à notre tour.

— Bienvenue sur la planète Zyron! Et plus particulièrement dans le bunker, lança-t-elle d'une voix nasillarde. Je suis Cordélia Adams et je suis la responsable des inscriptions. J'espère que votre trajet s'est bien déroulé. Le commandant Hardy m'a appris que vous aviez récemment perdu votre mère. J'aimerais vous offrir mes plus sincères sympathies pour cette regrettable perte. Vous avoir récupérés plus tôt, on aurait sans doute pu faire quelque chose contre son cancer. Maintenant, si vous voulez bien me suivre.

Au bout du hangar se trouvait une grande porte coulissante de forme ronde faite en cristal givré. Cordélia apposa sa main droite sur un capteur fixé au coin droit médian de la porte, qui s'ouvrit toute grande afin de nous laisser passer. On emprunta un long corridor où des néons bleutés éclairaient le dessous du plancher, puis on bifurqua vers la gauche où une autre porte comme celle traversée plus tôt s'y trouvait. Cordélia appliqua de nouveau sa main sur le bord de la porte.

— Est-ce que c'est partout comme ça? demanda Noah, poliment.

— Oui, l'intégralité des passages est surveillée par des capteurs biométriques. Tous les résidents du bunker sont inscrits et vous le serez aussi. Justement, nous sommes arrivés au centre de santé où les médecins pourront évaluer votre état et vous traiter, s'il y a lieu. Vous avez possiblement des contaminants sur vous et des carences en vitamines et minéraux dues à la longue période que vous avez passée sans vous nourrir convenablement.

Cordélia nous fit pénétrer dans le centre curatif. Ce qu'on y trouva dépassait l'entendement pour des gens restés claustrés dans le sol pendant des années. Aucun médecin présent dans cette salle ne pouvait prétendre être à bout de souffle ou souffrir d'une maladie quelconque. Leur constitution n'était que boulons, acier et plastique. Ils se déplaçaient comme nous, mais ne pouvaient prétendre l'être. Leur corps n'avait ni cœur ni chair.

— Je sais que ça peut surprendre quand on les voit pour la première fois, dit-elle. Mais oui, ce sont bien des androïdes. Notre toute dernière génération. Des TI-233. Ils sont à l'apogée de la technologie robotique et leur connaissance du genre humain est sans pareil. Je n'ai aucun doute que vous serez entre bonnes mains pendant que j'irai préparer vos chambres, et avant que je vous quitte, laissez-moi vous présenter le docteur Émilien, l'un de nos éminents spécialistes en médecine humaine.

Un robot avança ses jambes métallisées et se posta devant nous. Il était grand, portait une longue blouse blanche où il y avait les mots «Quesnel Corporation» inscrits sur l'ourlet de la poche gauche, et de ses orbites émanaient une lueur jaunâtre. Il posa sa main gauche sur son thorax et s'inclina, exécutant une affable révérence.

— C'est un énorme plaisir de vous rencontrer. À qui ai-je l'honneur de parler? demanda le clinicien Émilien, qui se mit à nous scruter, d'un lent mouvement, de la tête aux pieds.

— Je suis Anna. Voici mon frère Noah. Et mon père Robert.

— Formidable. Nous sommes toujours heureux d'accueillir de nouveaux résidents venant de la Terre. Noah et Robert, les docteurs George et Harry s'occuperont de vous. Quant à vous, Anna, vous pouvez venir avec moi.

En un clin d'œil, Émilien trottina plus loin. Pour parvenir à le rattraper, je dus me frayer une voie parmi les autres androïdes, en sarrau également. Ils étaient tous occupés à leur besogne, se déplaçant avec grâce et agilité, à la manière d'une valse. Quand je réussis finalement à m'approcher de Émilien, il avait pris un détour dans un passage comptant plusieurs cabines vitrées. Il me fit entrer dans l'une d'elles et resta dans l'embrasure.

— Enlevez tous vos vêtements, votre soutien-gorge y compris, sauf la petite culotte, et mettez cette jaquette. Ne vous inquiétez pas, votre intimité sera respectée et personne ne pourra vous regarder.

Sur ces mots, il referma la porte et une bruine bleuâtre s'étendit sur les vitres environnantes. Il était désormais impossible d'y voir à travers. Je pus donc envoyer au sol mon tricot prune, mon pantalon ivoirin ainsi que mon balconnet rosé. J'enfilai la jaquette grise qu'il m'avait offerte, puis nouai les cordons qu'il y avait derrière mon cou et mon dos. Au centre de l'exiguë pièce trônait une table de strass surélevée; je me dirigeai vers elle et m'y installai. Quelques secondes plus tard, la porte s'ouvrit et laissa apparaître, dans l'encadrement, le faciès d'Émilien. Tenant une étroite tablette entre les doigts, il entra et vint se poster devant moi.

— Anna, j'aimerais bien que vous me disiez votre nom complet et votre date de naissance.

— Anna Amaryllis. Je suis née le 14 septembre 2046.

— Parfait, merci, dit-il en tapotant sur son écran. Maintenant, déposez vos mains là-dessus. Je vais prendre un cliché de vos empreintes digitales. Ensuite, vous pourrez vous étendre sur le dos.

Il me tendit sa tablette. J'y plaquai mes mains, qui furent balayées par un faisceau lumineux rouge. Après les avoir ôtées, je pivotai de façon à pouvoir m'allonger sur la surface qui se révéla rigide et frisquette. Un dôme cristallin me ceignit et se referma au son d'un léger cliquetis. L'éclairage s'assombrit, tout s'embruma, et une puissante voix masculine et informatisée déclama :

— Enclenchement du programme d'admission pour une nouvelle résidente de sexe féminin dans le bunker. Anna Amaryllis, âgée de dix-neuf ans. Octroi du numéro de citoyenne *1736*. Processus activés d'analyses biologiques et de décontamination.

De basses vibrations bourdonnèrent tout autour de moi, faisant trembloter tout l'habitacle. Une lumière luminescente m'aveugla et s'estompa aussi rapidement qu'elle était apparue.

— Décontamination terminée, reprit-il. Les résultats de vos analyses biologiques démontrent une anémie ferriprive, un déficit en cobalamine et en vitamine D. Le traitement préconisé est une injection intramusculaire qui sera administrée dans vingt secondes. Les procédures à suivre sont de relever votre manche droite, de coller fermement votre paume sur votre cuisse et de demeurer immobile pendant la piqûre.

Après avoir fait tout ce qu'il m'avait demandé, je virai ma tête et j'aperçus qu'une aiguille effilée s'approchait à grande vitesse de mon épaule. Ma peau fine se transperça sous la pression de l'aiguille et une brève douleur m'assaillit. La seringue laissa couler un liquide limpide, et se retira, laissant la minuscule plaie se cicatriser aussitôt. Aucune rougeur ne laissait deviner que mon tégument avait été altéré.

— Médication administrée avec succès, attesta la voix robotisée. Une autre dose sera nécessaire dans deux semaines. Mise en place d'une diète riche en fer et en vitamine B12 jusqu'à nouvel ordre. Activation de la présentation audiovisuelle sur notre historicité.

Le brouillard ambiant se dispersa pour faire place à une noirceur des plus totales. Des tambours se mirent à battre à un rythme appuyé sur une obscurité de moins en moins prononcée, puis des images s'estampèrent sur la voûte. On y discernait des volutes de fumée émanant de débris empourprés et étendus pêle-mêle sur la terre racornie. L'air s'était saturé de résidus noirâtres et farineux. À l'extrémité droite apparut un homme vêtu d'un complet blanc, dans la mi-cinquantaine, aux tempes grises et aux sourcils configurés triangulairement. Il était assis sur une chaise de bois, le dos raide comme une barre, et ses jambes étaient accotées l'une contre l'autre. Ses mains reposaient tranquillement sur ses cuisses, pendant que l'inscription *Sénateur Abraham Lewis* se calligraphia sous lui. Il affichait un air grave.

— Mes parents, ma femme, ma fille et moi étions à l'orée de la mort quand les Zyronois nous ont trouvés, il y a quinze ans, narra-t-il. La planète Zyron se situe dans la galaxie Dorian, et sa civilisation est beaucoup plus avancée technologiquement que la nôtre. Avec leurs appareils performants, ils ont détecté des taux élevés de radiations provenant de la Terre et sont venus à notre rescousse. Leur sauvetage a fait en sorte que plusieurs vies ont pu être sauvées. La vie de ma famille pour commencer, puis celles de centaines d'autres par la suite. Le roi Ismor nous a enseigné une grande partie de son savoir et nous a cédé un lot de son territoire. Ses ouvriers Zyronois nous ont construit un refuge souterrain. Tout allait bien pendant l'édification. Les relations entre nos deux peuples étaient cordiales jusqu'à ce que leur vraie nature nous saute aux yeux. Des êtres caractériels, superficiels, possessifs et dangereux. C'est en secret qu'Ismor avait planifié de nous exterminer, parce qu'il savait que le bunker avait les assises sur une manne de diamants bruts et de pierres précieuses. Ses sbires les avaient découverts fortuitement en excavant trop profondément les entrailles de leur planète. Mon père avait surpris une conversation à huis clos entre Ismor et l'un de ses cadets, et pour avoir découvert ce petit manège, il a été assassiné. J'étais là quand c'est arrivé. C'était une nuit terrible. Ismor me laissa ce souvenir dont je garderai à jamais les traces.

Lewis abaissa l'encolure de sa chemise. Une cicatrice blanche, légèrement boursouflée et rectiligne traversait sa gorge de part en part.

— J'aurais pu la faire enlever bien sûr, mais j'ai préféré la laisser telle quelle. Chaque fois que je la regarde, elle me rappelle que ces terroristes m'ont fait perdre l'une des personnes les plus importantes de ma vie et qu'il vaut mieux ne pas faire confiance aveuglément. Un traité de paix a été signé le 12 novembre 2050. On a gardé le bunker et les Zyronois ont été forcés de battre en retraite. Quant à nous, il nous est désormais strictement interdit de sortir d'ici sous peine de mort et de reprise des hostilités. Mais cessons de parler de ces bisbilles dont vous n'avez pas été témoins. Parlons de votre histoire. On vous a probablement trouvé, comme bien d'autres, dans une situation plus que précaire. Les aliments que vous aviez accumulés au début de la guerre se sont faits de plus en plus rares. Peut-être que vous en étiez rendus à omettre votre déjeuner. Puis votre dîner. Certains d'entre vous se sont peut-être même volontairement sous-alimentés afin de sauver un membre de la famille. Vous étiez affamés sans pouvoir combler ce vide vous tenaillant les boyaux jour après jour, et vous ne pouviez demander la charité à autrui puisque votre voisinage s'était embrasé. Vous avez alors levé vos prunelles vers votre plafond en maudissant cette vie d'infortune jusqu'à ce qu'une étincelle d'espoir jaillisse par l'entrebâillement de votre salle de séjour. Vous étiez persuadés que vous étiez seul au monde quand nos commandos sont débarqués chez vous en grande pompe afin de vous sauver. Maintenant atterris sur Zyron, vous vous rendrez vite compte que votre vie ne sera plus jamais la même. Ici, vous aurez la filiation que vous avez peut-être perdue. Vous nouerez de solides amitiés. Ces gens deviendront votre famille. Évidemment, vous vous souviendrez toujours de qui vous étiez jadis, mais désormais, vous porterez un regard neuf vers l'avenir. Et nous serons, les autres sénateurs et moi-même, présents pour vous faciliter la transition dans votre nouvel univers. Dans le but de vous offrir la vie paisible dont vous êtes digne après de longues années de souffrance, des règles ont été établies afin que le climat reste harmonieux en tout temps. Nous demandons à tout un chacun de faire votre part pour le bien-être de la communauté. Ces lignes de conduite vous seront expliquées en temps et lieu, car je crois que pour l'instant, vous êtes exténués et peut-être même dépassés par les événements. Le meilleur conseil que je puisse vous donner pour le moment est d'abandonner vos appréhensions et de nous faire confiance. Tout ira bien. Et rappelez-vous toujours ceci : nous sommes là pour vous et on ne vous laissera pas tomber. Vous êtes désormais entre bonnes mains. Il ne vous reste maintenant plus qu'à aller profiter d'une bonne nuit de sommeil sans tracas. Quant à moi, il ne me reste plus qu'à vous dire ceci : Bienvenue parmi nous. Nous nous reverrons bientôt.

Pour la première fois depuis le début de son discours, il esquissa un sourire tout en retenue qui laissait révéler une dentition irréprochable. Puis, graduellement, les percussions pilonnant l'enceinte s'affadirent et la silhouette de Lewis sur la voussure s'évanouit pour être remplacée par celle d'Émilien. Il me fixait sans ciller. La coupole au-dessus de moi se rétracta sur elle-même et disparut complètement à l'intérieur de la table. Mes pupilles eurent de la difficulté à s'acclimater à l'éclairage émanant des luminaires.

— Vos yeux s'habitueront dans peu de temps, assura Émilien. C'est le gaz que l'on vous a administré. Il a été fabriqué à l'aide d'un composé chimique détoxifiant l'œil des émanations de poison libérées par l'éclatement des obus atomiques sur la Terre. Vous voyez comme vous auriez dû voir depuis votre naissance. Sans filtre, sans voilage, sans buée.

Après que les éclairs lumineux eurent disparu de mon champ de vision, je remarquai que ses bras mécaniques étaient dépliés devant moi, tenant entre ses mains des étoffes de tissus.

Vous avez un ensemble pour chacune des journées de la semaine. Prenez-en bien soin, car ils acceptent rarement de les remplacer. Habituellement, il faut que ce soit une question de vie ou de mort pour qu'ils l'autorisent. Le tissu est compliqué et long à produire en laboratoire. Vous pouvez maintenant vous rhabiller; Cordélia vous attend à l'extérieur. Elle ira ensuite vous reconduire à votre nouvel appartement. Et n'oubliez pas de revenir me voir dans deux semaines pour votre prochaine injection.

Il tourna les talons gracieusement et quitta la pièce. Je tenais toujours dans mes mains les morceaux de linges qu'il m'avait donnés : une robe de chambre blanche, des chandails à manches courtes et des pantalons faits de coton. Il y en avait sept paires de différentes couleurs : crème, lilas, marron, orangé, bleu de cobalt, bordeaux et sépia. Je me fringuai de l'assortiment crème, et je fourrai le restant des vêtements dans un sac en plastique étiqueté à mon nom et qui traînait entre les pièces de linge.

CHAPITRE 3

Comme Émilien l'avait assuré, Cordélia patientait de l'autre côté de la porte, toujours bien mise. Elle était placée de côté, ses deux bras étaient croisés à la hauteur de son épigastre, et elle semblait perdue dans ses pensées. Elle ne m'entendit pas arriver et sursauta lorsque je me raclai le pharynx.

— Anna! Marches-tu toujours sur la pointe des pieds comme ça? J'ai failli avoir une attaque, bon sang! Enfin. Ce n'est pas bien grave. On a préparé ta chambre et j'espère qu'il ne te manquera rien. Tu es prête?

Je lui répondis par l'affirmative. Elle nous fit repasser par l'infirmerie, mais cette fois-ci, il n'y avait plus personne qui déambulait dans les allées. Les lumières étaient tamisées, et on pouvait tout juste voir nos pieds se poser l'un devant l'autre. On continua d'avancer dans la pénombre, malgré tout.

— Où sont mon père et Noah? questionnai-je, me rappelant qu'il y avait belle lurette que je les avais vus.

— Ils étaient prêts avant toi. J'ai donc mandaté mes assistants pour qu'ils aillent les reconduire à leurs chambres qui sont dans une autre aile que la tienne. Les hommes et les femmes ont des dortoirs séparés ici, excepté les couples et les jeunes familles qui peuvent être casés ensemble. Mais ne t'en fais pas, tu les reverras frais et dispos demain au déjeuner.

Elle nous fit sortir du dispensaire. Nous atterrîmes de nouveau dans le long couloir que nous avions emprunté pour nous rendre au centre médical; cependant, au lieu de prendre la droite comme pour retourner au hangar, nous tournâmes vers la gauche. À cinq mètres de marche tout au plus se trouvait une cage d'ascenseur que Cordélia voulait nous voir emprunter. Les portes s'ouvrirent toutes grandes et une vingtaine de soldats en sortit. Ils étaient accoutrés de la tête aux pieds d'un costume vert et leur crâne était recouvert d'un casque militaire de même teinte. Il nous était impossible de discerner leur bouille. La troupe passa à nos côtés sans nous accorder la moindre attention puis s'éclipsa au loin. Cordélia fut la première à entrer dans le monte-charge, et elle me pressa d'y monter également. Il était d'une grandeur appréciable et était complètement fait en verre. Un léger haut-le-cœur me prit à la gorge lorsque je sentis l'élévateur se mettre en branle, qui descendait en faisant défiler autour de nous le mortier à très haute vitesse. Au bout de plusieurs secondes, le ciment alentour se déroba, et malgré la noirceur de la nuit tombée, un panorama ahurissant s'offrit à nous tandis qu'on dévalait toujours. On pouvait apercevoir une gigantesque salle, où de longues tables étaient ordonnées les unes à côté des autres. Le plafond voûté s'étendait à perte de vue, à tel point qu'il semblait même ne pas y en avoir du tout; et tout en haut, parmi le ciel étoilé, se trouvait trois lunes colossales qui étaient sensiblement de même taille et alignées selon un axe de quart-de-cercle. J'avais bien lu quelques ouvrages sur cet astre, mais jamais je n'avais pu l'observer de mes propres yeux, et en prime, j'en avais deux de plus à ma disposition.

— Elles sont magnifiques, n'est-ce pas? J'aime venir ici, juste pour les regarder, avoua Cordélia, la figure tournée vers les cieux. Nous sommes dans le quartier central. Le seul endroit où il est possible de jeter un coup d'œil dehors. Tu y viendras chaque jour puisque c'est ici que se trouve la cafétéria. Il y a de la place pour tout le monde! Même pour vous, les derniers venus, au cas où tu te poserais la question. Il y aura bien un groupe qui voudra que tu te joignes à eux pour le dîner. Mais ton premier petit-déjeuner, par contre, il faudra que tu le prennes dans ta chambre, qui se trouve dans l'aile est. Tu ne dois surtout pas être influencée par les autres, car demain matin, c'est ton évaluation pour l'attribution.

— L'attribution de quoi? sommai-je, curieuse.

— Tu ne crois tout de même pas qu'on ira te nourrir tous les jours, t'habiller, s'occuper de ta santé, te donner tout cuit dans le bec, et ça sans rien attendre en retour? Tout le monde ici doit mettre la main à la pâte si on veut que notre société soit un tant soit peu fonctionnelle! Demain, on va t'offrir un travail qui correspondra le mieux à ta personnalité et à tes aptitudes. Si j'ai une seule recommandation à te donner pour réussir ton attribution, c'est d'être la plus spontanée qui soit. Les tests sont tellement sensibles qu'ils pourraient le détecter si jamais tu essayais de fausser les résultats. Et aussi, on s'entend pour dire que si tu tentes d'être une personne que tu n'es pas, tes journées, tu risques de les trouver longues à faire quelque chose que tu détestes.

Maintenant que nous étions parvenues au rez-de-chaussée, l'ascenseur stoppa net et je fus pris d'un léger haut-le-cœur. Je suivis Cordélia jusqu'à l'autre bout du quartier central. Elle s'arrêta sur une large plaque de métal posée au sol où il y avait un nombre imprimé en gros caractères blancs. *37.* Je m'y casai également, et quasi instantanément, mes pieds se mirent à ballotter dans tous les sens. Mes yeux convergèrent vers l'origine de cette instabilité et s'aperçurent que la distance nous séparant du sol devenait de plus en plus importante. La plaque de métal sur laquelle nous reposions se révélait être en fait une plate-forme qui nous soulevait maintenant avec une cadence constante vers les étages supérieurs. Je décidai de m'approcher un peu plus du bord, mais je me heurtai à une force invisible qui me souffla vers l'arrière. Je me retrouvai donc les quatre fers en l'air et mes fesses frappèrent durement le sol. Pendant un moment, je vis défiler quelques étoiles devant mes yeux.

— Qu'est-ce que c'était, ça? sommai-je en pointant devant moi.

— Une barrière à l'épreuve des curieux qui, comme toi, s'approchent un peu trop près et qui pourraient tomber et se blesser.

— Vraiment? Avec ou sans clôture, je pense que le résultat aurait été le même en fin de compte, lâchai-je à brûle-pourpoint et en tentant de me relever laborieusement, le popotin encore meurtri par la chute.

— Veux-tu bien arrêter de te plaindre autant, Anna, argua Cordélia, visiblement agacée par ma remarque. Tu vas te réveiller demain avec une mini ecchymose sur les foufounes et ça s'arrêtera là. Ces mesures de précaution sont essentielles. Disons qu'on a déjà eu dans le passé des réfugiés qui ont essayé d'attenter à leur vie. Depuis qu'on les a installées, les tentatives de suicide ont complètement disparu. La sécurité est des plus optimales. Maintenant, plus personne n'arrive à traverser par-dessus bord !

— Je veux bien te croire, mais pourquoi ces gens ont voulu se faire du mal au départ ? Tu ne trouves pas ça louche, toi ?

Ma question sembla mettre mal à l'aise Cordélia, qui détourna le regard. Elle ouvra les lèvres à quelques reprises, mais aucune parole ne réussissait à sortir. Elle finit tout de même par me répondre.

— Parfois, je pense que certains ont de la difficulté à s'adapter à leur nouvelle vie en groupe. Quand tu as été très seul pendant plusieurs années, reconnecter avec tes semblables peut sembler insurmontable. Et ça peut l'être encore plus si tu as développé une maladie mentale à force de vivre constamment isolé. Bien sûr, tout ça n'est qu'une simple théorie… Je ne suis pas psychiatre et je n'étais quand même pas dans leur tête quand c'est arrivé ! Tu les as de ces questions, toi ! Tu viens de me donner tout un mal de bloc avec tes réflexions philosophiques. Avec moi, ça peut toujours passer, mais il faudrait que tu évites ce genre d'interrogations en public à l'avenir.

Le Sénat n'aime pas vraiment qu'on déterre le passé ou qu'on remette en question leurs politiques. Ils préfèrent regarder vers l'avenir et améliorer ce qui doit l'être. Tu verras, c'est bien ici. En tout cas, mieux que ce que tu as toujours connu. Tu n'auras plus à t'en faire dorénavant.

La plate-forme avait cessé sa remontée, et contrairement à l'ascenseur, elle s'était immobilisée tout en douceur. Au sortir du plateau se trouvait un étroit balcon où il y avait de chaque côté des petites lampes à l'éclairage vanné. J'allai m'y accouder. Je penchai ma tête en contrebas pour y jeter un coup d'œil et les énormes tables paraissaient toutes petites. On avait dû être hissées d'une quinzaine d'étages.

— Tu viens? darda Cordélia. On ne devrait pas trop traîner; il est tard. Le couvre-feu est depuis longtemps passé, et en plus, tu as à te lever tôt demain pour ton attribution.

Regardant une dernière fois le trio de lunes dans le voussoir, j'ôtai mes coudes de la balustrade, un peu à contrecœur. Là-haut, le ciel obscur paraissait si merveilleux qu'il était difficile de s'en détacher. Et tout juste avant de partir, à moins que mes yeux ne soient bernés, j'eus l'impression de voir traverser à toute vitesse dans le firmament une boule embrasée lâchant sur son passage une traînée de poussière blanchâtre. Elle disparut aussi vite qu'elle était apparue.

— C'est une étoile filante. Il y en a beaucoup plus ici sur Zyron que sur la Terre. Maintenant, dépêche-toi. Je n'ai pas envie d'être cernée jusqu'au nombril demain. J'ai un rendez-vous affriolant avec Peter et j'aimerais être...

Disons… disposée pour lui. Enfin, si tu vois ce que je veux dire.

Après un léger hochement de tête désintéressé, me décidant pour de bon, je lui emboîtai le pas. La plate-forme ne menait qu'à un seul corridor étréci où se trouvaient environ vingt-cinq portes métallifères.

— C'est une partie du dortoir des femmes. Les chambres sont toutes numérotées selon le numéro de citoyen donné pendant l'examen médical. Alors, toi, tu hérites de la *1736*. C'est la sixième dans la rangée de gauche. Moi je vais te laisser ici, maintenant que mon boulot est fait. N'oublie pas d'être à l'heure demain. Passe une bonne nuit !

Bien avant que j'aie le temps de lui souhaiter la pareille, elle avait déjà rebroussé chemin et redescendait avec la plate-forme. J'attendis qu'elle soit complètement hors de vue, puis je m'avançai devant la porte où scintillait le nombre céruléen. En englobant de ma main droite la poignée sphérique, les chiffres s'effacèrent un à un et furent troqués par une image animée de ma personne où l'on pouvait apercevoir le haut d'une jaquette grise. Cette vidéo avait dû être prise pendant que j'étais couchée sur la table de l'infirmerie. Mon visage paraissait soucieux et tourmenté, et je regardais un peu dans tous les sens.

Mon nom et mon prénom s'inscrivirent en grosse surimpression noire dans l'encoignure gauche, tandis que tout juste à côté se rajoutèrent les minuscules écritures vertes et clignotantes suivantes : *Prise de possession de la chambre 1736. Accès autorisé à la personne mentionnée ci-contre.* Le tout s'effaça dans un fondu après quelques secondes. On n'y voyait maintenant plus qu'une surface grise, sans artifice. Je me décidai à tourner complètement la poignée et poussai délicatement la porte jusqu'à ce qu'elle fût grande ouverte. Une masse un peu plus petite que moi et de forme humanoïde se tenait là et obstruait le seuil, me tournant le dos. Elle vira de bord pour me faire face. C'était un robot. Sa bouche tout écarquillée me souriait. Ses lèvres vermeilles avaient été peinturées maladroitement, car il en dépassait sur les bords. Ses pommettes étaient rosies par trop de fard. De longs cils bruns étaient collés sur ce qui lui faisait office de paupières. Sa tête était surmontée par un chapeau conique, et autour de son cou traînait un collier de papier multicolore. Tous deux semblaient avoir été créés à la main. Elle tenait du bout des doigts un sac de sucettes rouges et bleues.

— Madame Amaryllis, vous voici enfin! J'avais si hâte de faire votre connaissance! Je suis Alice et je serai votre androïde personnel dorénavant. Je reste ici pour vous servir en tout temps. Demandez, et vous recevrez! J'ai pensé à vous organiser une petite fête pour votre arrivée, mais il est tellement tard que je n'ai pas osé prévenir qui que ce soit d'autre… Je suis effroyablement navrée, madame, effroyablement navrée…

— Ne t'en fais pas avec ça. De toute façon, je suis bien trop fatiguée. Demain, c'est mon attribution, et d'après ce qu'on m'en a dit, je devrai avoir toute ma forme.

— Oh, pour ça, oui. Ce n'est pas une mince affaire que cette attribution. Cela décidera de votre sort et du métier que vous exercerez ici pour le restant de vos jours. Vous devez être finement prête et reposée, madame Amaryllis.

— Et j'y compte bien.

Je fis une légère pause, puis je repris :

— Mais je ne comprends pas pourquoi tu es là. Ne le prends pas mal, mais je n'ai pourtant pas besoin d'androïde à mes côtés. Est-ce que tout le monde en a un ici ? Que je sache, je sais encore me servir de mes dix doigts. Tu resteras en permanence avec moi ?

Alice perdit le sourire qu'elle avait au visage depuis mon arrivée. Elle semblait attristée. Je me sentis extrêmement mal tout d'un coup. Visiblement, j'avais oublié mon tact en chemin et je l'avais blessée. Je désirais maintenant racheter cette gaffe.

— Je t'ai fait de la peine, pas vrai ? Je ne voulais pas dire que tu es inutile. Dans ma tête, tout est toujours clair comme de l'eau de roche, mais ça sort souvent toute croche. Alors, si je récapitule, je dirais plutôt que je suis juste tellement habituée à être seule et de devoir tout faire par moi-même que l'idée d'avoir quelqu'un pour m'aider me dérange. J'aurais l'impression de te traiter comme une esclave, ce que tu n'es pas. Et puis, c'est aussi une question d'intimité. Je ne suis pas certaine de vouloir la présence de quelqu'un avec moi vingt-quatre heures par jour, sept jours sur sept.

— Moi, une esclave ? Mais non, je ne me vois pas du tout comme ça. J'ai été créée pour servir et obéir aux commandes qui me sont données, et je suis parfaitement heureuse dans cette fonction. Tout le monde a son robot ici, vous ne faites pas exception. Pour ce qui est de l'intimité, je saurai m'effacer quand vous le demanderez, et je saurai être muette comme une tombe sur tout ce que vous me révélerez. Je ne suis qu'un vieux modèle, une VX-448, mais j'ai mes principes! Mon maître précédent n'a jamais eu à se plaindre de mon comportement, si ça peut vous rassurer. Laissez-moi vous appartenir, vous semblez tellement une bonne personne! Vous ne le regretterez pas!

— Oui, je le crois également. Tu peux rester. Ça va me faire plaisir d'avoir un peu de compagnie.

Alice se tassa. N'ayant plus personne pour m'obstruer la vue, je pouvais maintenant découvrir de quoi ma chambre avait l'air. Elle était suffisamment grande pour mes besoins. Un lit plate-forme double à tête capitonnée longeait le mur droit, et du textile ivoirin le couvrait. Il y avait une commode à son pied pour le rangement, et totalement au fond de la pièce, un aquarium encastré. De minuscules poissons rouges y nageaient placidement. Je m'en approchai et me penchai au-devant de la vitrine. Ils ne firent aucun cas de moi, se contentant de poursuivre leur route tout bonnement en ouvrant et fermant leur bouche sans arrêt.

— Ce sont des vrais?

— Non, répondit Alice. Des émules mécaniques d'une espèce qui vivait sur la Terre. Des *Carassius auratus*, si on veut être plus précis. Ils sont d'une bonne présence, bien qu'ils ne soient pas très portés à la discussion.

Ils avaient l'air plus vrais que nature. Même si je ne pouvais comparer, n'en ayant jamais vu de véritables. Quoiqu'il en fût, je rebroussai chemin, décidant qu'il était temps pour moi d'aller me mettre au lit. J'étais plus qu'épuisée. Après avoir fait valser tous mes vêtements sur le plancher, j'éteignis ma lampe de chevet. Prestement, je me glissai entre les couvertures fraîches et posai ma tête contre l'oreiller duveteux.

— Bonne nuit, Alice.

— Vous aussi, madame.

CHAPITRE 4

J'étais encore somnolente, à mi-chemin entre le sommeil et l'éveil, lorsque le poil sur mon bras se hérissa au contact de la fermeté de son toucher ni chaud ni froid.

— Madame, réveillez-vous madame! C'est bientôt l'heure de partir pour vos tests. En tout et pour tout, vous disposez d'une demi-heure pour vous préparer et prendre votre petit déjeuner.

J'ouvris lentement les paupières. Alice était plantée là, près de mon lit, et soutenait un cabaret argenté. Elle le plaça devant moi, à la hauteur de mes cuisses. Du jus d'orange emplissait un gobelet à rebord, et dans mon assiette, deux tranches de pain un peu trop grillées accompagnaient des saucisses bien dodues, mais quelque peu noiraudes. Le tout s'avéra être dur comme de la botte, mais comme ma dernière nourriture ingérée remontait à des lustres, c'était toujours mieux que rien. Il me fallut moins de cinq minutes pour gober l'entièreté de mon plat qui me sustenterait convenablement pour plusieurs heures.

— Laissez-moi vous débarrasser pendant que vous allez vous doucher, lâcha Alice, vite sur ses patins, car elle commençait déjà à me dépouiller de mon plateau.

Ayant été moi-même expéditive hier soir avant de me coucher, la première chose que je fisse en sortant du lit fut d'aller ranger dans le chiffonnier face au lit les habits que j'avais laissés traîner par terre. Je gardai le bleu de cobalt et m'en allai en direction de la salle de bains. Aussitôt le pas de la porte franchi, la pièce s'illumina par elle-même. Elle était presque de même dimension que la chambre, avec un style épuré et stylisé. Je me dirigeai jusqu'à l'évier, qui avait la forme d'une vasque, et qui était surplombé par un large miroir. Je me mis à scruter mon reflet. Même si je venais d'engloutir mon premier repas complet depuis un long moment, mon teint paraissait encore un peu blafard et j'arborais de légers cernes sous les yeux. J'effleurai délicatement mes doigts sur les quelques taches de rousseur parsemant mon visage. Puis, trois immenses chiffres verdâtres se placardèrent sur la glace par-dessus mon portrait : *36,7*. Une voix qui semblait venir de nulle part les répéta machinalement et poursuivit sa déclamation : *Fièvre non décelée. Température corporelle optimale. Pression artérielle de 118/80. Pouls à 76 battements par minute. 16 respirations par minute. Saturation en oxygène de 100 %. Examen sommaire normal.* La voix se tut et la glace redevint exempte d'écriteaux olivâtres. Je laissai glisser autour de mes hanches mon peignoir et me rendis à la cabine de douche, qui était faite d'un verre trempé extra clair et quasi invisible. Des carreaux de céramique noire recouvraient le plancher légèrement courbé. En actionnant le mécanisme du robinet, un compteur s'enclencha. Sa minuterie était programmée à cinq minutes. Quelques secondes seulement après que j'eus commencé à me savonner, un laser balaya mon épiderme. En baissant mes yeux, je me rendis compte qu'il avait enlevé tous les poils disgracieux bardant mon corps. De toutes les inventions que j'avais vues jusqu'à présent, c'était de loin la plus utilitaire. Le rasoir ne faisait pas le poids à côté de ce système. Le décompte de la minuterie à zéro, le ruissèlement se jugula aussitôt et une bourrasque latérale souffla. Je me retrouvai intégralement asséchée, tignasse comprise.

À peine sortie de la salle de bains, Alice me pressa de me dépêcher, qu'on devrait éviter d'être en retard. Il fallait passer par le quartier central afin d'aboutir au service d'orientation, situé au rez-de-chaussée. Les rayons du soleil traversant le dôme réchauffaient l'air ambiant, et contrairement à hier, la place était noire de monde. Des gardes casqués et armés de pistolets automatiques patrouillaient autour des points de sortie. Des hommes et des femmes, portant tous un uniforme tel que le mien, se pressaient dans tous les sens, sans vraiment se prêter attention entre eux. Alice m'apprit que l'heure du petit déjeuner était terminée et qu'il était maintenant temps pour eux de se rendre à leur travail. Les aiguilles de l'horloge indiquaient huit heures pile lorsque nous franchîmes les portes à battant, et derrière un comptoir plastifié, une dame d'une soixantaine d'années portant un chignon haut nous reçut avec un air sévère. Elle était vêtue d'un tailleur d'un blanc immaculé.

— Il n'est pas trop tôt, mademoiselle Amaryllis, cracha-t-elle, de manière désapprobatrice. Votre frère et votre père sont sur le point de terminer. Veuillez me suivre.

Je la talonnai presque immédiatement, mais Alice resta en plan, après que la femme lui eût dit qu'elle ne pouvait pas m'accompagner plus loin. La vieille gribiche m'emmena dans une petite pièce à côté où il n'y avait en son centre qu'une chaise et un pupitre. Ce dernier était translucide.

— Le bureau est tactile. Vous avez deux heures pour remplir le questionnaire théorique. Il comporte deux cents questions, et vous devez répondre le plus spontanément possible. Quand vous aurez fini, je le saurai et je viendrai vous chercher pour les épreuves pratiques. Ce qui terminera le processus sera la rencontre avec l'orienteur pour l'attribution. Vous devriez en avoir au total pour tout l'avant-midi.

Elle partit et referma la porte derrière elle. Au moment où je me demandais comment j'allais faire fonctionner ce truc, il s'alluma de lui-même. Une infographie interactive démarra avec la première question.

Sélectionnez les affirmations qui vous correspondent (entre 1 et 4 réponses au maximum).

Je peux me voir comme :

Quelqu'un qui est décidé, qui ne se laisse pas faire, avec une forte personnalité.

Quelqu'un qui aime apprendre et progresser. Il est important de s'améliorer et de se perfectionner pour évoluer.

Quelqu'un de gentil, bienveillant, serviable et généreux, qui va au-devant des gens.

Quelqu'un de logique, réfléchi, rationnel et observateur, un peu en retrait.

Quelqu'un de prudent et d'alerte. Je suis plus doué que les autres pour penser à l'avance à tous les risques dans une situation donnée.

Quelqu'un de passionné. Quelqu'un de différent, sensible, à part.

Quelqu'un qui profite de tous les plaisirs de la vie, quelqu'un qui est boute-en-train.

Quelqu'un qui est féru d'action, qui cherche la réussite et le succès. Quelqu'un auquel d'autres aimeraient ressembler.

Quelqu'un de conciliant, pacifique, humble et réservé.

Je pressai avec le bout de mon doigt quatre de ces affirmations et la prochaine question s'afficha. Il me fallut près de deux heures pour parachever le tout. Par la suite, l'écran redevint opalescent et la dame grisonnante refit irruption avec la même moue plaquée sur la face, sans que j'eusse eu à l'attendre une seule minute. Elle m'entraîna dans une autre salle non loin de là, où une piste de course elliptique bordait ses cloisons. Au beau milieu, il y avait plusieurs matelas de différentes formes et tailles qui étaient placés pêle-mêle.

— Vous voyez ce survêtement et ces espadrilles sur le siège ? Eh bien, mettez-les ! Vous avez quinze minutes pour courir sur la piste afin de bien vous échauffer pour ce qui suivra.

Il y avait bel et bien une tenue d'entraînement qui avait été déposée sur le banc à ma droite. Je me changeai et m'élançai d'une foulée pesante. Contrairement à Noah, qui avait toujours aimé sculpter son corps, je ne me souvenais même plus de la dernière fois que j'avais été proactive dans ma mise en forme. Et aujourd'hui, je m'en repentais de ne même pas avoir essayé. Mes muscles crispés et immobiles depuis trop longtemps me faisaient douloureusement souffrir. Ma course à peine entamée, j'étais déjà à bout de souffle. C'était une chance finalement que Noah n'eût pas été présent, car il aurait probablement eu honte de sa frangine.

Après les quinze minutes d'échauffement, mes tendons et mes ligaments semblaient s'être enfin déliés. Assouplie, j'étais prête pour ce qui m'attendait. Je ne fus pas surprise de revoir la binette de la dame acariâtre revenir. Une veste matelassée recouvrait son avant-bras.

— Ce blouson doit être porté pour le premier exercice physique, dit-elle, en me le tendant. Vous avez cinq minutes pour faire le plus grand nombre de redressements assis. Vous pouvez aller vous installer sur l'un des coussins là-bas. Je vais demeurer présente au cas où vous éprouveriez des difficultés.

Qu'entendait-elle par difficultés? Quel était son dessein? Stoïque, elle se contentait de me fixer. Je sus dès lors qu'elle ne me donnerait pas d'explications supplémentaires. Je me mis donc en marche, les jambes amorphes par l'accumulation d'acide lactique dans mes fibres musculaires, et m'affalai sur le premier matelas me tombant sous la main. Je pliai mes genoux, tout en prenant soin de garder mes talons contre le sol. Je plaçai mes mains derrière ma tête et contractai doucement mes muscles abdominaux. Mon buste se souleva jusqu'à atteindre un angle droit. Maintenant cette position une seconde, je revins à ma position initiale. Je répétai ces mouvements plusieurs fois, en allant de plus en plus vite. J'avais trouvé le bon rythme de croisière jusqu'à ce que quelque chose cloche. Un mécanisme s'était activé dans ma veste, démasqué par le tintement d'un léger bruit sec. J'endiguai mon élan pendant près d'une minute, et voyant que rien ne se passait, je repris là où j'en étais rendue. Mais après quelques séries, je commençai à vaciller. Plus je bougeais, plus je me sentais mal. J'avais le sentiment de suffoquer, de brûler de l'intérieur, comme si une nappe de pétrole ardente s'était faufilée dans mes entrailles. Ça allait de mal en pis et j'avais maintenant peine à continuer. Je compris que la source de mes souffrances était ce blazer que je portais. J'essayai tant bien que mal de le retirer, mais toutes mes tentatives échouèrent l'une après l'autre. Il continuait de me compresser le tronc et de me consumer. Je ne savais pas trop si l'eau déboulant sur mes joues écarlates était de la transpiration ou bien des larmes. Probablement un mélange des deux. Je pouvais voir la grincheuse à travers mes yeux humectés, et même si elle avait dit qu'elle m'aiderait en cas de pépin, elle ne semblait pas vouloir lever le moindre doigt pour moi. Elle demeurait là, les bras croisés sur son abdomen, me fixant avec un air impassible, et je n'avais aucune idée du temps qu'il me restait avant la fin de l'épreuve. De peine et de misère, je resserrai les muscles de mon ventre et réussis à me soulever jusqu'à coller mon poitrail contre mes cuisses. Je fus prise automatiquement d'étourdissements, la chaleur étant encore plus insoutenable qu'elle ne l'était avant. Je fis à trois autres reprises des redressements qui se révélèrent laborieux, puis un infime déclic fit vibrer les ondes sonores tout autour. La veste se dénoua toute seule, et les brûlements s'attaquant à mes chairs baissèrent en intensité. Je lançai avec fureur l'instrument de torture et me laissai choir sur le matelas, le souffle court et essayant de reprendre quelque peu mes esprits. Une gouttelette perlait toujours à la commissure de mon œil gauche, que je fis disparaître illico afin que personne ne puisse la remarquer.

— Il est temps de passer à la dernière étape, mademoiselle Amaryllis. Mettez ce maillot et venez me rejoindre dans la pièce d'à côté. Prenez la porte 2. Je vous dirai les instructions à suivre lorsque vous arriverez, martela la harpie.

Elle me lança le vêtement en nylon, bigarré en noir et blanc, et s'en alla dans la salle voisine, sans me prêter davantage attention.

Je pris la deuxième porte à droite, comme elle me l'avait demandé, et j'atterris dans une salle très petite et circulaire où il y avait, au milieu, une estrade sphéroïdale. La chipie m'attendait là. Elle tenait dans ses mains un masque de plongée de couleur aigue-marine, qu'elle me donna. Je passai la sangle derrière ma tête et fixai bien solidement les lunettes contre le pourtour de mes yeux, m'assurant que le tout demeurerait bien hermétique pour la suite des choses.

— Pour l'exercice final, vous devrez démontrer vos capacités de raisonnement, et le tout se fera bien évidemment sous l'eau, comme vous l'avez probablement déjà deviné. Montez sur la plate-forme et prenez une grande inspiration. Dans deux minutes, tout sera terminé.

Cette fois-ci, elle ne resta pas pour me zieuter. Attendant d'être certaine qu'elle ne reviendrait pas, je gravis l'estrade. Aussitôt que j'eus fini de m'immobiliser, le plancher se déroba sous mes pieds. Il s'était littéralement désintégré, plongeant mon corps dans une eau assez froide, me donnant une vigoureuse chair de poule. Les bulles d'air qui avaient été provoquées par ma chute se dissipèrent. De nombreux barreaux m'entouraient. J'étais tombée dans une cage, prise au piège par cette ferraille grise. Sur l'un des barreaux était accrochée une chaîne au bout de laquelle pendait un jeu que j'avais vu en dessin dans une brochure, mais avec lequel je n'avais jamais joué, qu'on appelait le cube Rubik. Je compris que je devrais le résoudre si je voulais espérer pouvoir sortir de cet endroit. Au loin, je vis avancer une ombre, qui grossissait à la mesure du temps qui s'égrainait. Je me rapprochai doucement d'elle, essayant de déterminer quelle pouvait être cette silhouette, enroulant de mes mains les barreaux. La tête rendue entre ceux-ci, je sus enfin ce qui pataugeait à ma rencontre. Un requin. L'immense masse se ruait vers moi, cognant ses abondantes dents acérées contre les barres métalliques. Je comprenais maintenant que ces tiges ne servaient pas à me garder prisonnière, mais que leur rôle était de me protéger de cette immense créature marine. Était-elle réelle ou bien n'était-elle pas plutôt une parfaite imitation d'une bête existante sur la Terre, comme l'étaient les poissons bourlinguant dans mon aquarium ? Si tel était le cas, il s'agissait d'un travail de moine, car elle était plus vraie que nature. En reculant, je m'aperçus qu'il n'y en avait pas qu'une seule. Ce monstre nautique s'était multiplié tout autour de moi, un exemplaire identique m'attendant dans chaque détour. Ils me regardaient tous avec avidité, se délectant d'avance d'une proie alléchante qui leur était offerte sur un plateau d'argent. Leurs yeux noirs comme le charbon ne tiquaient pas une seule seconde, alors que les miens se ruaient à nouveau vers le cube. Je l'avais quasi oublié celui-là. Comme ce n'était pas assez, la cage dont j'étais embastillée commençait à se rétrécir. Sans faire ni une ni deux, je me précipitai sur le jeu. Mes doigts le remuaient dans toutes les directions, de haut en bas, de droite à gauche. Mon cœur battait la chamade ; je pouvais le sentir dans mes oreilles. Toutes mes combinaisons s'avouaient infructueuses et l'étau se resserrait autour de moi. Les brutes étaient de plus en plus près, leurs pupilles s'élargissant d'envie, leurs crocs claquant d'appétence. Ils avaient commencé à me frôler dangereusement la couenne lorsque je me sentis aspirée vers le bas. Je roulais dans un sombre tunnel, mes coudes se fracassant un peu partout sur les parois dures. L'eau s'était évaporée, et une mince lueur finit par me parvenir aux yeux. Quelques secondes plus tard, je m'écroulai sur une couche épaisse et mollasse. Un homme aux cheveux léchés vers l'arrière par trop de gel, maigrelet, au visage flegmatique et aux joues creuses se tenait à mes pieds.

— Mademoiselle Amaryllis, commença-t-il. Les résultats de vos tests illustrent que vous êtes une perçonne d'une grande indépendance. Vous ne rechignez pas sur les confrontations, et vous savez défendre vos idées avec aplomb et confiance. Vous êtes dotée d'un esprit organisé, pragmatique et communautaire. Vos aptitudes manuelles ont été reconnues. Vous avez des intérêts marqués pour les sciences et votre intellectualité est très impressionnante. En tant qu'orienteur du bunker, il ne fait aucun doute que je vous conseille d'opter pour une carrière dans la coiffure, que vous débuterez après le dîner. Vous relèverez de Tatiana, qui vous apprendra les rouages du métier et les conditions. Vous pouvez maintenant aller rejoindre vos compatriotes dans le quartier central.

Je n'en revenais pas. J'avais enduré le martyre avec une veste immonde et cruelle sur le dos. J'avais tenté de résoudre l'énigme ardue d'un cube, enfermée dans une cage truquée et entourée de bêtes féroces et sanguinaires. Toutes ces afflictions pour me faire dire que mon destin serait de couper des mèches de cheveux pour le restant de ma vie?

— Vous êtes sérieux, là? explosai-je. Vous dites que j'aime les sciences, et vous en arrivez à cette conclusion? Vous n'avez rien d'autre que ça à me proposer? Quelque chose en ingénierie, en mécanique ou en biologie? Rien qui puisse se rapprocher de ça?

— Nous l'avions prédit que vous réagiriez de cette manière. Mais il n'est malheureusement pas possible de changer quoi que ce soit à votre situation, mademoiselle Amaryllis. Vous n'êtes plus sur Terre ici; ce n'est pas le Klondike. Les possibilités sont limitées, et il faudra vous y faire. Comme tout le monde d'ailleurs. À la longue, vous finirez sans doute par y trouver une satisfaction.

Je ramassai mes effets personnels et l'abandonnai illico, n'argumentant pas davantage. Il était probable qu'un jour je finisse par éprouver un certain contentement, mais pour l'instant, je ne ressentais qu'une boule de rage me ronger l'intérieur, révoltée par ce qui venait de se passer.

CHAPITRE 5

Elle m'avait regardé comme si elle comprenait ce que je vivais. Cela ne faisait aucun sens. Tout ce que j'avais connu de cette mégère depuis le début ne s'était jamais rapproché d'une quelconque pitié envers autrui. Et pourtant, avant de faire virevolter les portes battantes pour sortir de son bureau après lui avoir remis mon maillot de bain, j'eus la nette impression de voir sur son visage ridé une forme d'indulgence qui disparut au moment même où je posai mes yeux sur elle. Mais je ne voulais pas m'attarder davantage sur ce fait. J'étais furieuse. Et affamée. Mon petit déjeuner était rendu bien loin dans mon système digestif, et les épreuves que j'avais traversées m'avaient encore plus creusé l'appétit. Mon estomac psalmodiait quelques borborygmes audibles alors que mes pieds m'emmenaient dans le quartier central. Midi avait sonné, et plusieurs personnes déambulaient dans le calme, un cabaret entre les mains. L'une d'elles m'accrocha du coude, s'excusa aussitôt et poursuivit son chemin. Des militaires patrouillaient dans les lieux, comme ce matin, chose qui m'apparut étrange en raison de l'absence évidente de menace, mais personne d'autre que moi ne semblait s'en soucier. Ils étaient trop occupés à poursuivre leur train-train quotidien.

J'allai me placer au dernier rang de la file indienne qui menait tout droit à une table à buffet libre-service. L'attente fut brève. Il n'y avait qu'un seul choix de boustifaille : de menus morceaux de viande accompagnés de pommes de terre grelots et d'une sauce brune qui avait l'air un peu trop consistante à mon goût. Quelques crudités, principalement des carottes et des céleris, avaient été laissées en guise de verdure, et au bout de la table complètement, des pommes de chair rouge et jaune faisaient office de dessert. Je remplis à ras bord mon verre d'eau avec le pichet qu'il y avait au bout de la table. Une femme en surplus de poids et affublée d'un filet sur les cheveux patientait à la sortie de la cantine. De sa grosse main boudinée, elle tira la mienne et la passa sous un lecteur optique. Elle se renfrogna et leva le menton, indiquant que je pouvais maintenant déguerpir. En sortant de la cuisine, au loin, je vis qu'un grand gaillard me faisait des signes, brandissant ses deux bras costauds haut dans les airs. Je ne mis pas trop de temps à savoir que c'était mon frangin et qu'il n'était pas seul. Papa était à ses côtés. J'augmentai le tempo de mes pas pour me jeter dans les bras tendus de Noah. Qu'il faisait bon de retrouver les siens !

— J'ai l'impression de vous avoir quittés depuis des semaines ! dis-je, contente de les avoir avec moi enfin.

Après l'accolade vigoureuse donnée à mon frère, j'étreignis tendrement mon père qui me semblait éreinté, même s'il avait repris tout de même quelques couleurs depuis notre départ de la Terre. Il se mit à caresser mes cheveux comme quand j'étais gamine, et lorsque je me séparai de lui, je vis que quatre personnes nous observaient discrètement du coin de l'œil, le sourire aux lèvres. Il s'agissait de deux hommes et de deux femmes, regroupés deux par deux sur chacun des côtés d'une table rectangulaire et laiteuse. L'homme et la femme à proximité de nous avaient une peau d'ébène et de jolis yeux émeraude. Tous deux semblaient du même âge et avaient un corps élancé. Les cheveux ondulés de la fille cascadaient sur ses épaules, tandis que ceux du garçon étaient coupés court en dégradé. Leurs dents nivéennes contrastaient avec la noirceur de leur couenne. Devant eux se trouvait une toute petite femme du troisième âge à la peau ridée et aux longs cheveux argentés. Elle avait l'air de la parfaite grand-maman gâteau avec son air avenant. À côté d'elle, je reconnus un visage familier. Ces cheveux longs mordorés et cet aspect négligé ne pouvaient correspondre qu'au commandant Hardy.

— Tatiana et Bryan Jones sont jumeaux et viennent de Seattle, dit Noah en pointant les Afro-Américains. Tu connais déjà le pilote Olivier Hardy. À côté de lui, c'est May Hardy, sa grand-mère. Ils viennent de Perth en Australie.

J'allai prendre place sur la banquette. Noah vint s'asseoir devant moi et papa s'établit à ma droite. J'entamai mon repas par la viande. Cette dernière mit mes dents à rude épreuve. Elle était aussi dure qu'une botte de cuir et me tournoyait dans la bouche. Je dus prendre une grande gorgée d'eau pour faire passer le morceau, et Olivier dut s'en apercevoir, car il me passa cette remarque :

— Même après cinq années passées ici, je ne m'habitue toujours pas à cette bouffe. Je pourrais parier que les nababs n'ont pas à subir cette merde jour après jour.

— Les nababs ? demandai-je, intriguée.

— Ouais, ceux qui vivent là-haut. Les riches. Les fortunés. Peu importe comment on les appelle, précisa Bryan qui avait une voix mielleuse et maniérée.

— Il y en a encore de ça ici ? Et moi qui pensais qu'on avait appris de nos erreurs...

— Je pense surtout que c'est parce que l'espèce humaine est douée pour répéter ses travers, souffla Tatiana dans un long soupir. Même ici, des gens ont commencé à emmerder le petit peuple et à se prendre pour d'autres. Si tu veux devenir quelqu'un ici, tu dois viser à devenir proche de ces gens-là, sinon tu te ramasses avec les miettes, comme quatre-vingt-quinze pour cent des gens vivants ici.

— Et j'imagine que les nababs n'ont pas eu à passer une attribution ? déduisis-je, certaine que la réponse tomberait dans l'affirmative.

Mon père avait arrêté de manger, et il affichait maintenant une mine basse. Je me doutais bien que les tests avaient été pires pour lui, car il n'était déjà pas en bon état en partant.

— Non. Je ne pense pas qu'ils ont eu à faire ça en effet, me confirma Bryan.

J'avalai le dernier bout de steak qu'il y avait dans mon assiette. Il ne restait plus qu'une patate et quelques légumes par-ci, par-là.

— Parlant d'attribution sœurette, qu'est-ce que ça t'a donné? Moi, c'est l'armée qui m'attend. Papa va travailler pour le réseau électrique comme ingénieur, dit Noah, paressant très impoli avec sa bouche encore pleine de bol alimentaire. C'était à se demander si on venait vraiment de la même famille.

— Coiffure, lançai-je.

J'avais donné cette réponse de manière très simple et brève, en espérant que ça ne fasse pas de vagues, mais c'était bien mal connaître Noah qui n'en ratait jamais une. Il éclata de rire, et je savais déjà qu'il allait se payer ma gueule.

— Waouh, je paierais cher pour être là pendant ta première journée! Je ne suis pas certain que je te confierais mes cheveux, à moins de vouloir avoir l'air ridicule.

Même s'il pouvait être casse-pied quand il le voulait, je devais admettre qu'il avait le don de sortir les meilleures répliques au bon moment. Dans le fond, il avait fort probablement raison : ma performance s'avérerait sûrement risible. Un point pour lui, zéro pour moi. Je me mis à ricaner aussi, prise d'un fou rire difficilement contrôlable.

— Tu peux bien rire de ta sœur, Noah, mais moi je vais être là avec elle, et je suis certaine qu'elle s'en tirera très bien, déclara Tatiana, appuyant son bras sur le mien pour me témoigner une solidarité féminine bien appréciée.

Nos gloussements furent interrompus par une musique solennelle diffusée dans tout le quartier central. L'hymne rappelait une infopublicité rétro qui avait mal vieilli. Un hologramme monumental du sénateur Lewis, s'étalant sur dix paliers de hauteur, apparut tout juste en bas de la baie vitrée ensoleillée. Il était tout sourire et portait un veston-cravate sobre qui lui donnait une allure officielle. Il regardait droit devant lui, l'air déterminé, prêt à casser la baraque. Il était escorté par trois hommes et trois femmes formant un grand V, telle une harde d'oiseaux ratissant le ciel. Le sénateur Lewis déclama de manière dynamique le slogan suivant : *Votre équipe. Là pour vous servir.* Je me penchai vers Tatiana pour lui demander qui étaient ces gens à ses côtés. Elle me répondit d'une voix basse que c'était les autres membres représentant le sénat. Tout d'abord, il y avait cette femme blonde à sa gauche. Elle s'appelait Candice et elle était son épouse. Ses cheveux platine étaient coupés au carré. Elle était svelte et devait être dans les mêmes âges que son mari. Elle était vêtue élégamment d'un chemisier blanc et d'une jupe crayon bleu marin. Derrière elle se trouvait un homme chétif au crâne dégarni prénommé Albert. Il semblait peu sûr de lui-même, l'air de se demander ce qu'il faisait là en regardant à droite et à gauche. À côté de lui, un homme totalement à son opposé fermait la marche. Des épaules larges, un regard de fer et une mâchoire taillée au couteau cadraient parfaitement avec ses origines russes. Il répondait au nom de Boris. À la droite de Lewis, une femme noire et bien en chair donnait l'impression d'être en pleine possession de ses moyens.

Il s'agissait de Ruby; elle en imposait et personne ne voulait se la mettre à dos. Une fluette rousse à lunettes native de la Grande-Bretagne et s'appelant Ambrose la suivait. Yazu, le dernier sénateur, avait grandi au Japon et avait l'air du technophile par excellence. Mon regard se braqua à nouveau sur Lewis qui en profita pour rappeler que la date électorale approchait à grands pas et qu'il était important d'aller voter afin de prendre son destin en main.

— Il peut bien parler, lui, de prendre son destin en main! morigéna Olivier. Ça fait des années qu'il est continuellement réélu. Ce n'est certainement pas comme ça qu'on verra les choses changer.

— Les sénateurs ne sont pas censés être remplacés après un certain temps? demanda papa, qui semblait soudainement avoir retrouvé un certain regain de vitalité. Si on mettait de côté les sciences pures, mon père était du genre à s'intéresser grandement à tout ce qui traitait de politique.

— En réalité, oui. Mais tout le monde sait que c'est Lewis qui a le gros bout du bâton ici. Les autres ne sont que des pantins à ses côtés, et si Lewis veut quelque chose, le restant du sénat suit à coup sûr. Il occupe ce poste depuis des lustres, en fait, depuis que son père est mort, et c'est à se demander si ça vaut vraiment la peine d'aller voter puisqu'on sait d'avance qu'il gagnera. Certains pensent même qu'il falsifie les résultats pour arriver toujours premier... Mais ça reste difficile à prouver...

— En tout cas, ça a l'air franchement bien de vivre ici, dit Noah, calé bien creux au fond de sa chaise, les mains derrière la tête. De la bouffe sur la table à chaque repas et plein de nouveaux copains avec qui parler. Fini la solitude extrême! En prime, je vais suivre l'entraînement militaire et peut-être même apprendre le maniement d'armes. Tout ce qu'il faut pour rendre son homme heureux!

Olivier voulut prendre la parole, mais au même moment, les faisceaux formant l'hologramme s'évanouirent et les lumières vacillèrent quelque peu avant de s'éteindre complètement. Le bunker n'était maintenant éclairé que par le soleil. Une sirène assourdissante se mit à beugler dans toutes les directions et de grosses gouttelettes d'eau commencèrent à m'asperger. J'élevai mes yeux vers le haut pour m'apercevoir que ce soudain flot venait du dôme lui-même, comme si un nuage engorgé planant au-dessus de nos têtes avait décidé de se soulager. Je me levai brusquement, faisant quasiment tomber ma chaise à la renverse. Je ne voyais déjà presque plus rien, mes cheveux imbibés me collant au visage. Je sentis quelqu'un m'agripper la main et m'entraîner au loin. L'eau continuait de couler, si bien que je ne pouvais pas savoir où je m'en allais ni qui m'y emmenait. Je me cognai sur quelques autres personnes au passage, qui semblaient toutes aussi désorientées que moi. Je tassai de devant mes yeux les mèches détrempées me bloquant la vue, me permettant de voir que la personne qui m'entraînait ailleurs n'était nulle autre que Tatiana. Elle nous fit entrer dans une pièce peu illuminée. Au moment où elle referma la porte derrière elle, les lumières se rallumèrent.

— Qu'est-ce que c'était tout ça? questionnai-je, frigorifiée par l'eau qui dégringolait toujours le long de ma colonne vertébrale.

— Une panne de courant, dit-elle. Il y en a de plus en plus fréquemment. Quand le bris est majeur, les gicleurs se déclenchent dans le quartier central et les corridors. Je peux te dire que les compétences de ton père comme ingénieur vont être particulièrement appréciées. Il ne va pas manquer de boulot, ça, c'est certain.

Je me retournai pour voir dans quelle pièce elle nous avait emmenées. Des chaises hydrauliques installées devant un miroir, des lavabos en céramique recouverts d'un fini émaillé opalin et comprenant un repose-cou imperméable et amovible; c'était clair comme de l'eau de roche que nous avions rejoint le salon de coiffure.

— Prête pour ton premier après-midi de travail? demanda Tatiana en s'avançant vers moi, un rictus sur la commissure des lèvres, se remémorant sûrement les niaiseries prononcées par Noah quelque temps plus tôt.

— Ouais, on va dire, dis-je, zéro excitée par l'après-midi qui m'attendait.

Avant qu'elle puisse répliquer, quelqu'un entra en coup de vent. C'était une jeune femme à la silhouette parfaitement galbée et à la crinière blond-platine qui avait été humectée par le torrent. Elle était vêtue d'une jolie robe verte vaporeuse qui lui allait aux genoux et qui faisait ressortir ses prunelles de la même couleur. Puisqu'elle portait autre chose qu'un vêtement commun et fade comme les nôtres, elle devait sûrement faire partie des nababs. Elle se tenait devant nous, les jambes montées sur des escarpins beiges, avec un air catastrophé comme si son monde venait de s'affaisser.

— Mes cheveux! se tourmenta-t-elle, en les matant entre ses doigts. Regarde le désastre qu'ils ont fait à mes cheveux! Il faut que tu m'arranges ça, Tatiana. Je sors avec Tommy ce soir, il ne peut pas me voir dans un état pareil!

— Installe-toi. C'est Anna qui s'occupera de toi aujourd'hui.

Elle voulait sûrement faire une plaisanterie. Mais à voir son expression faciale, je me rendis compte qu'elle était parfaitement sérieuse et qu'elle avait réellement l'intention de me laisser faire. Choix qu'elle regretterait amèrement plus tard en constatant mes piètres talents de coiffeuse.

Cachant mon malaise, je suivis Tatiana vers la table où se trouvaient un séchoir, plusieurs peignes, un fer plat, un fer à friser et quelques brosses. Il y en avait un nombre incalculable et je ne savais pas trop laquelle favoriser. Celle avec les poils drus ou celle plus clairsemée? Toute ma vie durant, j'avais laissé sécher mes cheveux à l'air libre, me contentant de quelques coups de peigne bien rapides pour les démêler.

— Ne te mets pas trop de pression, me dit Tatiana pour me rassurer. Prends la première brosse à gauche et fais-toi confiance. Sarah est la fille du sénateur Lewis et est peut-être hystérique, mais elle est quand même gentille, contrairement à la plupart des nababs que c'est tout juste s'ils daignent nous regarder.

En quoi me dire que j'exercerais mes aptitudes exécrables sur la fille de notre dirigeant aiderait à calmer mon anxiété? Je ressentais maintenant une appréhension bien pire. Mon esprit s'affola, et je me mis à imaginer le pire. Que m'arriverait-il si je manquais mon coup? Probablement que Lewis me condamnerait à porter la veste électrifiée durant le restant de mes jours pour avoir abîmé sa précieuse fille, ou encore, qu'il me jetterait selon son bon vouloir avec les requins, sans cage cette fois-ci.

— C'est pour aujourd'hui ou demain? s'impatienta Sarah sur son banc, qui semblait mâchouiller une gomme.

Je ramassai ce qu'il me restait de courage et décidai de passer à l'attaque. Mais comme je m'y attendais, ce fut laborieux. J'essayais d'y aller le plus délicatement possible; mais c'était inéluctable, je l'entendais pousser des «aïe» et des «ouille» à répétition. Je pouvais voir dans le reflet de la glace son visage se déformer sous les grimaces.

— C'est la première fois que je te vois ici. Tu es nouvelle?

Je secouai la tête timidement, certaine qu'elle allait m'envoyer au pilori d'ici peu.

— Tu n'es vraiment pas terrible comme coiffeuse, mais je pense que j'aurais quelque chose pour toi. Il me manque une fille pour la soirée dans deux jours; et comme tu es plutôt mignonne, je suis pas mal certaine que les gars vont adorer voir une rouquine comme toi.

— Et en quoi ça consiste?

— Danser. Lascivement. Mais tu ne serais pas nue, crut-elle bon de me préciser après avoir vu mon visage s'empourprer. Disons que tu serais juste... légèrement vêtue. Puis il y aurait quelqu'un pour te maquiller et te faire une coiffure géniale. Bref, une tonne de gens juste pour te pomponner! Tu as le temps d'y penser, mais j'ai besoin d'une réponse d'ici maximum demain. Et je ne veux pas te vexer, mais pourrais-tu aller chercher Tatiana? Je suis pressée et ça irait plus vite avec elle.

Contente de pouvoir enfin déléguer cette tâche qui me rebiffait tant, je me rendis vers l'arrière du salon retrouver Tatiana, qui s'occupait à frictionner peignes et brosses.

— Et puis, comment ça s'est passé? me demanda-t-elle, frottant ses mains humidifiées contre son sarrau.

— Mal, lui répondis-je. Elle veut que tu finisses sa mise en plis. Et elle a même cru bon de me proposer d'aller danser autour d'un poteau. Tu m'imagines faire ça? C'est tellement dégradant. Elle veut que j'y pense, mais c'est évident que je ne veux pas faire une chose pareille!

Tatiana parut froissée, chose que je trouvai étrange. Moi qui croyais que toutes les femmes seraient rebutées à l'idée de se donner en spectacle devant de vieux libidineux; je m'étais mis le doigt dans l'œil bien profondément.

— Mais tu es malade de refuser son offre? Toutes les filles du bunker vendraient leur mère pour pouvoir participer aux soirées données par Sarah. Tu sais qui sera dans la salle à te regarder te déhancher? chuchota-t-elle, sans attendre ma réponse. Tout le gratin. Tous les nababs les plus puissants réunis dans une même pièce. Si jamais tu tombais dans l'œil de l'un de ces mecs, ce serait ta chance de te sortir d'ici. Tu n'aurais plus à supporter la bouffe merdique ni même à continuer de faire un travail que tu n'aimes pas. Être à ta place, je sauterais sur l'occasion. Tu es tellement chanceuse. Ça fait des années que j'espère qu'elle me le demandera...

Sous cette perspective, les choses étaient plus compréhensibles. Avec la compagnie de Tatiana, je retournai voir Sarah pour lui dire que j'avais pris la décision d'accepter sa proposition. S'il y avait un moyen pour que je puisse utiliser mes dix doigts à faire quelque chose de plus enthousiasmant que de la coiffure, je serais folle de passer à côté d'une telle occasion. Ça ne garantissait rien, mais je ne perdais rien à essayer.

* * *

Plus tard ce soir-là, je rentrai directement me pieuter après un souper tranquille au quartier central. Tout le monde se sentait complètement crevé de sa journée et s'était échangé des banalités. Même Noah avait été vanné par l'entraînement martial qu'il avait dû suivre et Tatiana n'avait pas dit un seul mot pour la danse que j'aurais à faire dans deux jours. Elle s'était même retenue de dire que j'avais mal performé à ma première journée de coiffure, ce qui m'avait évité bien des railleries amicales.

Après avoir traversé le pas de ma chambre, je vis qu'Alice était en train de nourrir les poissons. Lorsqu'elle me vit, un sourire se traça sur son visage d'androïde.

— Enfin, tu es rentrée, me dit-elle en replaçant la grille sur le dessus de l'aquarium. J'avais hâte que tu me racontes comment s'est passée ta première journée et quel résultat tu as obtenu pour l'attribution.

— Tu es restée le restant de la journée ici? Tu as dû trouver le temps long...

— Les robots ne sont pas censés se promener ailleurs que dans la chambre de leur maître. Je n'aurais même pas dû vous suivre ce matin... Je ne sais pas à quoi j'ai pu penser. J'ai été irresponsable, tellement irresponsable! J'espère que ça restera sans conséquence, dit-elle en se serrant la tête entre les mains et en allant s'asseoir sur la couette couvrant mon lit.

Retirant mes baskets, j'allai me laisser tomber lourdement à côté d'elle.

— Parce qu'il pourrait y en avoir des conséquences, tu penses?

En plongeant mon regard dans le sien, je pus voir osciller le temps d'un instant une lueur d'effroi. Elle avait peur de quelque chose ou de quelqu'un c'était certain.

— Tout ce que je sais, c'est que c'est mal vu de déroger aux règles ici. Ils n'aiment pas trop quand quelqu'un essaie d'être différent ou cherche trop des réponses à tout. Les fouineurs, ils détestent ça. Vaut mieux suivre le rang et se faire oublier. C'est préférable comme ça. Pas de problème, non, pas de problème, récita-t-elle comme un mantra.

Plus j'en apprenais sur le bunker et plus je regrettais ma vie d'avant.

— Est-ce que tu dis ça parce que tu en as déjà eu des problèmes?

— Non. Pas moi, soupira-t-elle. Mais quelqu'un très près de moi, oui. Mon ancien maître, celui que j'avais avant que vous arriviez. Il s'appelait Thomas et était dans la fleur de l'âge. Il était d'une extrême douceur, même s'il était en même temps un homme sûr de lui. Vous me faites d'ailleurs beaucoup penser à lui. Même fragilité et même force.

— Qu'est-ce qui lui est arrivé? Pourquoi n'es-tu plus son robot?

— Il a remis en question plusieurs façons de faire. On l'a prévenu plusieurs fois de ne pas aller se mettre le nez là où il ne devait pas. Puis un soir que je l'attendais, il n'est jamais revenu. Quand j'ai demandé où il était et quand il reviendrait, on m'a répondu que je devais l'oublier et ne plus jamais reparler de lui, qu'il avait été promu chez les nababs pour un projet spécial. Comme je ne peux pas sortir d'ici, je n'ai jamais pu vérifier leurs dires, mais j'ai toujours remis en doute leur version. J'ai le sentiment qu'il lui est arrivé quelque chose, qu'on ne m'a pas dit toute la vérité, mais je n'arrive pas à mettre le doigt sur ce qui a pu se produire.

Si elle avait eu la faculté de pleurer, elle se serait effondrée à n'en point douter. Je ne pouvais m'empêcher de penser que ces automates se révélaient d'une complexité étonnante et qu'ils étaient les produits d'une réussite technologique éclatante.

CHAPITRE 6

Deux jours s'étaient envolés depuis qu'Alice m'avait chamboulée avec l'histoire de son ami Thomas. Perdue dans les embruns de mes pensées, je trottais pour rejoindre la table à manger de mes compagnons. Ce soir aurait lieu la petite soirée qu'organisait Sarah et je commençais à être un peu nerveuse. Hier, elle avait voulu que je lui montre ce que j'allais présenter, mais j'avais été impotente et incapable de bien dompter mes deux pieds gauches. Elle avait fini par dire qu'il était trop tard pour changer de candidate, qu'elle devrait se contenter d'une nulle telle que moi et que c'était la dernière fois qu'elle prenait une fille sans expérience pour faire ce boulot. Bref, je pouvais d'ores et déjà dire adieu à mes aspirations de me sortir un jour d'ici.

À chaque repas pris depuis mon arrivée dans le bunker, ils nous avaient repassé en boucle l'annonce holographique de la campagne sénatoriale. Je pouvais presque en réciter chaque mot, chaque intonation n'étant pas différente d'hier. Au bout d'un moment, quelque chose me déconcentra. À cinq tables plus loin se trouvait une fillette d'environ huit ans, aux cheveux noirs et aux yeux en amande. Une jeune asiatique dont les épaules se soulevaient de bas en haut sous la force des pleurs qu'elle essayait de réprimer maladroitement. Devant elle, en position accroupie, se trouvait une femme aux traits semblables, probablement sa mère. Elle essayait tant bien que mal de la consoler, même si elle-même semblait dépassée par les événements.

J'éprouvais le besoin d'aller les réconforter, comme si je me sentais attirée par leur désarroi. J'abandonnai là Noah qui me parlait de son amour des armes à feu. Il en avait manié aujourd'hui et ça lui avait fait retrouver son entrain d'antan. Il en était presque trop ravi, et j'étais à mille lieues de partager son exaltation pour un tel instrument de mort.

Arrivée près d'elles, je m'agenouillai devant la petite fille qui sanglotait toujours.

— Pourquoi es-tu triste comme ça, ma belle?

— Ils ont dit que ça se passerait bien et que je n'aurais pas mal, renifla-t-elle en se passant le bras sous le nez.

— De quoi parles-tu?

Cette fois, ce fut sa mère qui me répondit.

— L'attribution. Elle parle de l'attribution. On est nouvelles et on vient d'arriver.

C'était donc ça. J'avais trouvé l'attribution particulièrement cruelle, mais je n'osais m'imaginer comment ce pouvait l'être pour une enfant de cet âge.

Je sortis de l'une de mes poches le sac rempli de bonbons qu'Alice m'avait donnés le soir de mon arrivée dans le bunker. Je lui en tendis une poignée et sa moue attristée s'illumina. Elle cessa de larmoyer.

— Tiens, c'est pour te gâter. N'en parle à personne, ce sera notre petit secret, lui chuchotai-je dans le creux de l'oreille.

Elle me fit un petit sourire gêné.

— Comment t'appelles-tu et d'où viens-tu ?

— Jia Zhuang, dit-elle. Et elle, c'est ma maman Sun Zhuang. On vient de Shenzhen en Chine.

— Alors Jia, toi et ta maman, je vais vous présenter ma famille et mes amis ici. Je suis certaine qu'ils seront très heureux de vous rencontrer toutes les deux.

Je pris la petite Jia par la main et l'emmenai, elle et sa mère, vers notre petit groupe. Au moment de faire les présentations, le courant électrique s'esquiva de nouveau, laissant cette fois-ci le quartier central dans une noirceur crépusculaire. La minime luminescence présente provenait des trois lunes accrochées dans le ciel, et les gicleurs ne s'étaient pour l'instant pas encore déclenchés. Je sentis la minuscule main de Jia presser la mienne et son corps s'appuyer contre le mien. Un cri guttural à s'en prendre les tripes fit écho dans toute la salle. Je bougeai ma tête dans tous les sens pour savoir qui avait bien pu hurler de la sorte, mais ce ne fut guère long avant de le découvrir. Quelqu'un que je ne connaissais pas, un gars à moitié nu, aux yeux vitreux, exorbités et injectés de sang, vêtu seulement d'un caleçon blanc, passa en coup de vent à côté de moi et alla se jeter dans les bras de Bryan, l'embrassant à pleine bouche. Ses cheveux blond vénitien tout ébouriffés lui donnaient l'air d'un épouvantail amoché, et sa peau était écorchée à certains endroits.

Il était toujours collé contre Bryan lorsque la cavalerie vint briser leur moment d'intimité. Des gardes l'empoignèrent avec force et le tirèrent vers l'arrière. C'est tout juste s'il ne trébucha pas. Des larmes se mirent à rouler sur ses joues, et il se débattait avec la force du désespoir. Il tenta de se déprendre de leur emprise, mais un des sbires lui asséna durement un coup sur le crâne et il s'évanouit, devenant aussi mou qu'une guenille. Bryan laissa échapper un petit cri en voyant son amant être traité de la sorte. Sous l'impulsion, il partit en flèche courir à son secours, mais il était trop tard, les officiers l'avaient déjà traîné au loin, au-delà des portes à battant; et ces derniers l'empêchaient maintenant d'emprunter cette même sortie.

Bryan se laissa tomber sur le sol et se recroquevilla en petite boule, cachant son visage contre ses genoux. Ses épaules tressautaient, pendant que Tatiana accourait vers lui. Je fis de même, laissant la petite Jia avec sa mère et les autres. Tatiana avait attiré son frérot vers elle et s'était mise à lui flatter le dos.

— C'était qui?

— Son petit ami. Thomas. Alice était son androïde avant d'être le tien; elle t'en a peut-être déjà parlé. La dernière fois qu'on l'a vu, c'était il y a trois semaines, et on avait fini par se résigner à ne plus le revoir vivant, renifla-t-elle. Si on peut appeler ça être vivant, bien sûr... L'état dans lequel il est rendu...

Alice avait donc eu raison de s'inquiéter pour son ami et maître. Le mystère sur ce qui lui avait été fait demeurait cependant entier, mais de toute évidence, ça n'avait pas été une partie de plaisir ni une sinécure.

L'électricité était revenue, et c'était à peine si je l'avais remarqué. Pourquoi Thomas avait-il si mauvaise mine? Qu'est-ce qui lui avait été fait? Pourquoi les autorités refusaient-elles d'en parler ou de donner quelque nouvelle que ce soit? On n'aurait sans doute pas de sitôt le fin mot de l'histoire.

* * *

Quelques heures plus tard, à neuves heures tapantes, je suivais Sarah qui m'escortait chez les nababs. La danse devait avoir lieu dans une heure, et j'étais encore loin d'être préparée pour performer. Sarah se rongeait les sangs d'inquiétude, répétant toutes les trente secondes qu'elle aurait dû choisir une autre remplaçante que moi. Plus on avançait et plus on remarquait la différence séparant les deux classes économiques. Des fioritures spiralées ornaient les dalles du plancher de marbre et du papier peint damassé bardait les murs à mesure qu'on progressait dans les passages. L'opulence émanait de chaque recoin de cette partie du bunker.

À chaque détour que nous prenions, il y avait un nabab propret et bien habillé tenant un verre alcoolisé à la main, l'auriculaire bien levé. La plupart étaient des hommes d'âge mûr discutant entre eux et émettant quelques rires bien gras.

Un dernier virage nous emmena dans les loges attenantes au cabaret. Toutes les autres filles offrant un numéro ce soir s'y trouvaient déjà. Elles étaient toutes pomponnées, fardées et montées sur des escarpins vertigineux. Leurs costumes étaient magnifiques, mais ne laissaient pas beaucoup de place à l'imagination.

— Je vais vraiment porter quelque chose de semblable à ça? demandai-je, gênée de devoir exposer tant de peau à des inconnus, surtout que j'étais loin d'avoir la physionomie des femmes présentes ici.

Pour toute réponse, Sarah me jeta dans les bras une grande housse blanche. J'imagine que ça voulait dire oui.

Je m'attendais à ce qu'elle sorte d'ici afin que je puisse me changer, mais elle continuait à me regarder en essayant de contenir son impatience. Le bout arrondi de sa chaussure claquait le sol et ses mains étaient appuyées sur ses hanches. Elle n'avait pas l'air de vouloir se remuer de là.

Résignée, je glissai la fermeture éclair du fourreau qu'elle m'avait donné et j'en sortis une minuscule tenue. Des gemmes de diamant bleu et des perles nacrées étaient cousues de fil blanc sur l'entièreté du vêtement. Le décolleté formait un cœur et il était retenu par de minces bretelles céruléennes. Jusque-là, ça pouvait toujours aller. Mais en examinant ce que je devrais enfiler pour le bas, mes bajoues prirent une carnation écarlate. Le devant prenait la forme d'un tout petit triangle, tandis qu'à l'arrière, le tissu se révélait d'une finesse extrême. Tellement fin que mes fesses s'en trouveraient exhibées à n'en point douter.

— Quand j'ai accepté ton offre, tu m'avais dit que j'aurais du linge sur le corps! bougonnai-je, de mauvais poil et ne sachant pas trop si Sarah était toujours présente pour m'entendre rouspéter.

Mais elle semblait partie. On pouvait entendre une mouche voler. En chignant, je mis le costume. Il n'y avait pas de miroir, mais je pouvais tout de même sentir mes seins compactés l'un contre l'autre et hissés de quelques bons centimètres. La petite brise d'air me chatouillait l'épiderme des cuisses. J'eus un léger frisson. Je ne m'étais jamais sentie aussi vulnérable de ma vie.

Une quinzaine de minutes plus tard, une poudre azurine chatoyait mes paupières, et une paire de faux cils argentés accroissait l'intensité de mon regard. Un fond de teint compact moirait mon visage et faisait disparaître toutes ses imperfections. Mes lèvres érubescentes miroitaient dans la lumière tamisée.

Sarah avait changé d'idée. Elle s'extasiait maintenant sur son choix, se targuant d'avoir dans ses rangs la fille la plus jolie qui soit. Elle était passée du tout au tout, changeant son fusil d'épaule depuis que son équipe artistique m'avait prise sous leurs ailes.

Mon entrée en scène était imminente. On était dans les coulisses, et mon angoisse me prenait aux tripes à tel point que j'avais juste le goût de souiller le plancher de mon dégobillage.

— C'est à ton tour maintenant. Mets-en leur plein la vue et fais aller ce beau petit derrière-là !

Sarah saisit mes fesses pour les secouer pendant qu'une fille à la peau noire et grande comme une échalote sortait de scène et passait à côté de nous.

J'essayais d'avoir une démarche gracieuse et naturelle, perchée sur mes chaussures escarpées, mais c'était loin d'être évident. Elles étaient d'au moins quatre pouces de hauteur.

La scène était illuminée par un éclairage stroboscopique arc-en-ciel, et des notes pesantes et lancinantes se mirent à faire frémir les enceintes. En faisant mon entrée, je remarquai qu'il n'y avait que les premières rangées à l'avant qui étaient visibles. Ce fait me rassura et je commençai à me dandiner de manière plus assurée. Même que plus les secondes filaient, plus je commençais à y prendre goût. Je me sentais danser seule dans ma chambre, prise dans un tourbillon cadencé. Je faisais rouler mes hanches de tous bords, tous côtés, déliant ma chevelure roussâtre à travers mes doigts. Je me sentais féminine et en pleine possession de mes moyens. Bouger de la sorte était libérateur. Toutes les frustrations et toute la haine que je portais en moi étaient parties en flèche.

En inclinant mon corps vers l'avant, quelqu'un dans les premiers bancs attira mon attention. Malgré le brouillard emplissant l'atmosphère, je pouvais repérer deux billes verdâtres qui me fixaient sans tiquer. L'homme était d'un chic irréprochable et portait la cravate. Il tenait à la main une coupe de champagne, qu'il avala goulûment d'un trait. Il me déshabillait du regard, alors que j'étais déjà très légèrement accoutrée, ce qui me déstabilisa l'instant d'une seconde. Il était terriblement beau avec ses crins bruns mi-longs et entremêlés et sa minime repousse de barbe au menton et aux joues.

Une intense envie me prit de lui en donner plus avant que la chanson ne se finisse. Je me mis à me trémousser comme s'il n'y avait plus de lendemain. Son regard n'arrivait plus à se dissocier des oscillations de mon bassin. Je désirais envoûter cet inconnu que je ne connaissais ni d'Ève ni d'Adam, mais sans crier gare, avant la fin de mon numéro, il se leva, replaça son veston et se détourna. Je le vis disparaître derrière les relents de vapeur produite par les machines fumigènes.

CHAPITRE 7

— Je m'étais trompée sur toi, et pas rien qu'un peu ! Tu as été éblouissante, s'exclama Sarah, le sourire fendu jusqu'aux oreilles. Et tu ne devineras jamais qui te veut dans son lit ce soir.

Elle avait pris un air espiègle. Quant à moi, je m'empourprai, étant plutôt embarrassée.

— Milan Quesnel, le patron de Quesnel Corporation. C'est la société qui produit les androïdes. Je ne sais pas si tu réalises ta chance ! Il est riche à craquer ! Un bedonnant âgé aurait pu vouloir te mettre le grappin dessus, mais non, tu es tombée dans l'œil du mec le plus sexy des nababs ! En plus, c'est extrêmement rare qu'il veuille avoir une fille. Il est réputé pour être l'un des plus sélectifs. Mais pendant ta prestation, je peux te confirmer qu'il te dévorait des yeux. Je ne l'avais jamais vu autant obnubilé.

Je compris que le bel adonis dans la première rangée était ce Milan dont elle me parlait.

— Si tu parles de celui qui était dans l'un des premiers sièges, il est parti avant que je termine. Il n'a pas dû être si impressionné que ça.

— D'habitude, il part après cinq secondes, alors je peux te rassurer sur ta moyenne au bâton. Tu as vraiment été plus que parfaite! Et tant qu'à parler de bâton, il y en a un dans ses pantalons qui se fait prier en ce moment même, alors grouille tes fesses et va le retrouver dans sa chambre! Il doit mourir d'impatience à t'attendre.

J'avais beau avoir saisi en peu de temps une grande partie de l'essence de la personnalité de Sarah, son franc-parler me laissait pantoise, les joues rosies.

Elle m'expliqua sommairement comment me rendre dans les appartements de Milan. Le parcours était truffé de nombreuses déviations. Dans les allées, il y avait assez de place pour déambuler en troupeau de dix personnes au moins, alors qu'en bas, nous nous retrouvions entassés comme des sardines.

J'étais arrivée devant une porte laquée noire, et pour m'assurer que j'avais atterri au bon endroit, je fis une double vérification des chiffres inscrits sur la devanture avec le bout de papier que Sarah m'avait donné. Je ramassai mon courage à deux mains et cognai trois petits coups de jointure de mon point replié. La porte s'ouvrit dans un craquement à peine audible. Je m'attendais à me faire accueillir par l'un de ses robots. Après tout, il était riche à craquer et était leur concepteur. Mais non, ce fut sa binette qui apparut dans l'entrebâillement. Il était toujours élégant, ayant sur le dos les mêmes vêtements que plus tôt. Il avait dans le creux de son bras gauche une bouteille où une substance rougeoyante voguait à l'intérieur.

— J'espère que vous aimez le vin, miss Amaryllis, dit-il d'une voix grave et suave. C'est l'un des meilleurs crus de la région. En fait, on n'a pas vraiment d'autre choix, c'est le seul disponible ici, mais il reste qu'il est très potable quand même. Il se prend bien à la fin d'une journée.

— Jamais… goûté, bafouillai-je, à court de salive dans la bouche.

J'avais ce sentiment d'avoir une patate chaude qui me roulait sous le palais, que toutes les phrases cohérentes du monde s'étaient envolées de mon esprit. Je devais me trouver, et vite, un sujet, un verbe et un complément. Que m'arrivait-il? Dans les bouquins lus pendant mon adolescence, j'avais toujours trouvé idiotes les filles qui se pâmaient devant le moindre beau mâle environnant. Je les traitais de vraies têtes de linotte, et voilà que ce qualificatif m'allait maintenant comme un gant.

Je tentai de remettre un peu d'ordre dans mes idées, d'avoir l'air indifférente à son charme, et empruntai un ton qui se voulut le plus désinvolte possible.

— En tant que président-directeur général de Quesnel Corporation, j'aurais pourtant cru qu'il y aurait toute une pelletée d'androïde pour venir m'ouvrir.

— J'en ai plusieurs, c'est vrai, tu as raison. Mais ce soir, je leur ai donné une petite soirée de congé. Histoire d'être plus tranquille, rajouta-t-il un léger sourire aux lèvres.

Être plus tranquille à quelles fins? Que voulait-il insinuer, au juste? J'avais l'impression qu'il y avait un double sens à ses paroles, mais je devais m'être inventé un scénario. Je n'avais jamais connu d'hommes charnellement, ce qui devait sûrement expliquer pourquoi je devenais si excitée à en perdre la tête. Je commençais à m'imaginer des sous-entendus louches et mon visage bouillait.

— Ça ne me fait rien à moi de passer toute la soirée dans le hall, mais je connais des emplacements bien plus confortables dans mon loft, si tu veux mon avis.

Alors qu'intérieurement je m'affolais, je n'avais pas remarqué qu'il avait sa main déployée devant lui, attendant que j'y mette la mienne. Je m'empressai aussitôt, de peur de manquer ma chance de pouvoir le toucher, ne serait-ce qu'une seule fois. Sa peau se révéla tiède, lisse, avec un grain régulier et un aspect mat. Un frisson me parcourut l'échine. J'éprouvais désespérément le désir de lui caresser la main plus en détail, mais je me retins et gardai mes doigts figés le plus possible, ne voulant pas lui faire savoir que j'avais flanché pour lui.

Je le suivis hors du vestibule; et alors que nous marchions à pas de tortue, il m'attira un peu plus près de lui. Nos épaules se frôlèrent, et je dus réprimer à nouveau cette excitation démesurée qui me prenait aux tripes. En vrai gentleman, il me devança et ouvrit tout grand les deux immenses portes françaises qui nous séparaient de son loft.

— Bienvenue dans mon antre, dit-il en faisant une petite révérence et en me laissant entrer la première, se montrant toujours aussi galant.

Je n'avais jamais vu un logement aussi spacieux. Il devait être quatre à cinq fois plus gros que celui dans lequel je logeais, et le revêtement marbré du sol miroitait sous l'effet des luminaires scintillants accrochés au plafond.

Une pensée furtive me traversa l'esprit lorsque j'y fis mon entrée. Combien y avait-il eu de filles d'un soir qui avaient pénétré ces lieux? Sarah avait eu beau m'assurer qu'il avait ses exigences et qu'il en avait ramené peu; je ne pouvais m'empêcher d'y songer tout de même. Je n'étais pas la première à venir ici, et je ne serais certainement pas la dernière non plus.

Mais je finis par chasser ces idées de ma cervelle, tout éblouie que j'étais par cette beauté que je voyais autour de moi. Tout au fond de la pièce, de nombreuses espèces différentes de poissons barbotaient dans un aquarium qui s'étalait sur plusieurs mètres. De la peinture ocre recouvrait chaque centimètre des murs, et il s'exhalait du loft une ambiance accueillante et chaleureuse, qui faisait en sorte qu'on s'y sentait automatiquement à l'aise.

Il me guida vers un long canapé brun moka. Pendant que j'essayais de m'y asseoir le plus gracieusement possible sans dévoiler mes parties intimes avec la robe bordeaux ultra moulante que Sarah m'avait prêtée, il déversa la bouteille de vin dans les deux flûtes sur la table de vitre devant mes genoux. Il m'en offrit une et vint s'installer à ma gauche. Des flammes ondoyantes crépitaient dans l'imposant foyer près de nous, et ce dernier nous enveloppait dans un cocon réconfortant.

— C'est très beau ici, mieux qu'à l'endroit où ils m'ont placée. Tes robots sont chanceux de vivre ici et d'avoir un maître qui se préoccupe d'eux en leur donnant des journées de repos. Même si ça fait peu de temps que je vis dans le bunker, je pensais mon idée déjà faite sur les nababs. Je vous pensais tous égocentriques et imbus de vous-mêmes. Je suis contente de m'être trompée.

— Si tu as juste connu Sarah, ce n'est pas vraiment le meilleur échantillon, pouffa-t-il. Elle est l'exemple idéal de ceux que tu décris, mais si je peux te rassurer, on n'est pas tous comme elle. Enfin, peut-être bien. Peut-être que tu vas bientôt finir par te rendre compte que je ne suis pas si différent d'elle en fin de compte. Après tout, mes androïdes pourraient sûrement t'en raconter des vertes et des pas mûres à mon sujet, comme quand je me réveille en bougonnant le matin, par exemple. Mais toi, Anna Amaryllis, d'où viens-tu, que fais-tu? C'est la première fois que je te voie traîner dans les soirées de Sarah. D'habitude, elle prend toujours le même genre de filles. Blondes. Aux yeux bleus. Avec une poitrine siliconée. Mais toi, tu n'es pas comme elles, tu es différente. C'est rafraîchissant.

Il avait tout l'air d'un chic type ce mec, en dehors, tout comme en dedans. Il me plaisait de plus en plus.

— Si tu tiens vraiment à le savoir, je viens d'une petite ville du Québec qui s'appelle Pointe-du-Lac. Mon père, mon frère et moi sommes arrivés ici il y a à peine une semaine. L'attribution a savamment déterminé que je devais faire de la coiffure, mais pour être honnête avec toi, je déteste ça.

Mon imagination devait s'envoler à nouveau et à tort, mais plus le temps passait, plus j'avais l'impression qu'il me désirait par tous les pores de sa peau. Son regard ombreux soutenait le mien, et je finis par me détourner, embarrassée.

— Mais vous, monsieur Quesnel, qu'est-ce qui vous a valu cette position, qui est, disons-le franchement, enviable ? Un coup du hasard, le talent ou des amis bien placés ?

— Un peu de tout ça, je pense. Mon père était ingénieur en mécanique. La guerre a commencé quand j'étais gamin, et pendant notre captivité, il m'a tout appris. J'ai eu le meilleur professeur qui soit. Quand on a été trouvé, j'étais déjà un adolescent presque rendu à l'âge adulte. Comme c'était dans les débuts du bunker, mon père a pu faire sa place facilement. Il a créé les premiers modèles d'androïdes, et à sa mort il y a cinq ans, j'ai repris les rênes de son entreprise. C'est comme ça que j'ai gagné mon ciel chez les nababs.

Il marqua une pause, le temps de nous resservir un peu de spiritueux. Il poursuivit, mais ramena la discussion sur moi.

— Mais toi, si ce n'avait pas été du fait qu'ils t'ont placé en coiffure, qu'aurais-tu aimé faire ?

Une question simple et facile à répondre.

— N'importe quoi me permettant d'utiliser et ma tête, et mes mains !

Un petit sourire en coin se forma sur ses lèvres bien dessinées. Avec lui, tout ce qui sortait de ma bouche avait un double sens, mais je n'en avais que faire, car ce petit jeu de séduction me plaisait.

— L'ingénierie, la mécanique, tout ce qui a des boulons feraient mon bonheur, repris-je.

— Je vois, se contenta-t-il de me répondre, quasi énigmatique. Il serait temps que je te fasse faire le tour du propriétaire.

Il se leva et me tendit la main. En soulevant mon derrière de son sofa de cuir, je m'empêtrai dans mes hautes échasses et me tordit une cheville. Il me rattrapa tout juste avant que je heurte sa table de vitre. Malgré tout, mon dos cogna le sol et Milan s'affala sur moi. Son visage se trouvait maintenant à deux pouces du mien et je pouvais sentir son souffle contre mon épiderme. Je ne percevais déjà plus la douleur de la chute, hypnotisée par cette franche proximité. Cette étourderie avait-elle été vraiment causée par mes chaussures ou avait-elle été plutôt causée par l'alcool qui me chauffait les veines et qui m'embrouillait l'esprit?

Peu importe, je humais avec délectation son parfum envoûtant. Ses yeux hurlaient de désir, et il se mit à effleurer délicatement ma joue avec le dos de sa main. Il plaqua ses lèvres d'un léger goût sucré contre les miennes. Mon giron s'emplit aussitôt d'une chaleur extrême et notre étreinte devint de plus en plus passionnée. Ses mains se firent plus exploratrices, les faisant descendre le long de mes flancs, puis il se mit à m'embrasser dans le cou, allumant une flamme en moi que je ne souhaitais jamais voir s'éteindre. J'eus le goût de glisser mes mains sous sa chemise, mais je me ravisai, à contrecœur. Je brûlais d'envie pour lui, mais si je lui donnais ce qu'il voulait, il était fort probable qu'il me jetterait demain, comme il l'avait sûrement fait avec ses précédentes amantes. Je ne voulais surtout pas le perdre si peu de temps après avoir réussi à le séduire. Je devais donc m'en éloigner au plus vite avant d'en devenir incapable.

—Je... Je dois m'en aller, réussissais-je à prononcer, haletante.

Il continuait à faire balader sur mon corps ses mains fermes et douces. Il avait même commencé à en faire vagabonder une sur l'un de mes seins, tout en continuant de glisser sa bouche contre mon cou. C'était à en devenir fou. J'étais sur le point de flancher et de le laisser continuer *ad vitam æternam.*

—S'il te plaît... Je dois... vraiment m'en aller.

Dans un effort ultime, je le repoussai doucement. Il se retira dans un grognement. Sa mâchoire se crispa. Il se ferma les yeux en passant une main dans ses cheveux et il poussa un long soupir de profonde déception. Bon sang qu'il était séduisant avec sa chemise tout de travers.

—Si c'est vraiment ce que tu veux...

Il était apparent qu'il était maintenant fâché. Je me sentis alors sotte et coupable. Un homme me désirait, et voilà que je ne pensais qu'à le rejeter au premier rendez-vous. Pourtant, j'avais juste envie de retrouver ses bras forts et de me perdre avec lui.

Il se mit debout sans même m'aider à me relever du plancher, ce qui me força à me débrouiller toute seule, comme une grande fille. J'avais maintenant refroidi l'ambiance de cette soirée qui s'était déroulée pourtant sans anicroche. En me reconduisant vers la sortie, je remarquai qu'il essayait de tout faire pour éviter mon regard et garder ses distances. J'avais vraiment tout gâché.

CHAPITRE 8

Milan barra la porte derrière lui. Il avait été avare de mots, et il s'était gardé de me donner tout câlin de départ. Le sourire forcé qu'il m'avait offert était empreint d'amertume, et en mon cœur, je savais que je n'aurais pas de deuxième chance.

Quand j'atteignis le carrefour situé à quelques mètres de l'endroit où habitait Milan, l'électricité flancha, et les lumières de secours prirent la relève aussitôt, diffusant dans les corridors qui m'entouraient un éclairage ardent. Les gicleurs se mirent aussi de la partie, mais le débit se révéla plus inconsistant qu'au quartier central.

Pour me rendre chez moi, je devais garder le cap vers l'avant, mais par instinct, je décidai d'emprunter le corridor de gauche. Pour une raison que j'ignorais, quelque chose me poussait à aller dans cette direction, cette allée étant plus assombrie que les autres. Elle n'avait aucune parure, des murs bistrés, et c'était justement ce qui attisait ma curiosité. Pourquoi était-elle différente?

Tout au bout du corridor, un panneau installé devant une grande porte ronde, avec l'épigraphe *DÉFENSE*

DE FRANCHIR CETTE ZONE — ZONE PROHIBÉE AUX CIVILS, pendait au plafond, mais personne n'était à ses abords pour y protéger l'entrée des imposteurs. Les capteurs biométriques ne fonctionnaient pas, probablement désactivés en raison de la panne de courant qui sévissait à nouveau, ce qui me facilita la tâche pour m'y faufiler.

J'avançais à tâtons. Cette nouvelle pièce était submergée par l'obscurité, et je n'arrivais même pas à distinguer mes propres pieds qui clopinaient devant moi. Quelques mètres plus loin, des néons employés comme éclairage d'urgence longeaient le bas des murs, et un effluve de roussi me monta au nez. Des gémissements fendaient l'air. De la pointe des pieds, je m'approchai pour savoir d'où pouvaient bien provenir ces jérémiades. Je mis peu de temps avant de pouvoir repérer une petite cellule dépourvue de fenêtre et à la porte entrouverte. Les geignements s'étaient intensifiés. Avant d'y entrer, je m'assurai que personne ne m'avait suivie jusqu'ici. Contrairement à toutes les autres portes du bunker, celle-ci était des plus traditionnelles. Elle n'était pas motorisée, son bois usé portait maintes égratignures et sa peinture carminée était écaillée. Quand je la fis tourner sur ses gonds, elle émit un clappement strident.

Du premier coup d'œil, ce qui reposait sur la couchette placée en plein milieu de la cabine avait tout l'air d'une personne très mal en point. Une forte odeur cramée s'en dégageait.

— Ai… Aidez-moi…, murmura-t-il avec grande difficulté, la voix brisée par la souffrance.

Il ne se mouvait pas du tout. Il était à l'agonie. En m'approchant de lui, je m'aperçus qu'outre les brûlures évidentes parsemant l'entièreté de son corps grand et longiligne, sa peau avait une coloration étrange, d'une carnation orangée, et de nombreux signes et symboles paraient toute son anatomie. Quelques cheveux noirs étaient regroupés en simples mottes sur son crâne, comme si plusieurs d'entre eux avaient été arrachés. Ses globes oculaires se résumaient à deux boules noires ténébreuses et sans iris et son nez était singulièrement petit pour la proportion qu'avait son visage. Il n'avait ni cils ni sourcils et une matière ambrée dégoulinait de son esgourde gauche.

— Qu'est-ce qu'on vous a fait? Et qui vous a fait ça? Qui êtes-vous? Le bombardai-je de questions, apeurée de voir un être vivant laissé dans une condition de la sorte.

— Je suis un Zyronois… M'ont blessé… Eux…

— De qui parlez-vous?

Il essaya de me répondre, mais aucun son ne sortit de son clapet. Il prit son doigt, long et noueux, et le leva péniblement de quelques pouces. Il me pointait. Il devait avoir la berlue.

— Quoi, moi? Mais non, je ne vous ai rien fait!

Il colla ses paupières, ballotta sa tête tout en poussant un soupir d'exaspération.

— Eux…

Cette fois-ci, il décala un peu son bras amoché devant lui. Ce n'était plus moi qu'il visait, mais plutôt la porte qui se cachait derrière mon dos et que je n'avais pas remarquée avant maintenant.

Mais le Zyronois fut pris d'une quinte de toux irrépressible, et du sang jaune clair fut expulsé par sa bouche gercée. Ses yeux se révulsèrent et son abdomen cessa de se soulever. Il était tombé raide mort, sans pouvoir m'en apprendre davantage.

Je restais là à le regarder, si paisible maintenant qu'il était trépassé. Devrais-je laisser son corps ici ou tenter de le transporter autre part? J'avais pitié de cette créature, mais mon gabarit m'empêcherait probablement de me rendre bien loin en le portant sur les épaules. Il fallait aussi noter que ses agresseurs remarqueraient sûrement son absence et partiraient à mes trousses. Il était donc préférable que je le laisse ici et que j'explore plus avant l'endroit qu'il m'avait indiqué avant de décéder.

Je transportai mes pénates de l'autre côté de cette porte, où je me mis à longer encore un long corridor. Plus j'avançais et plus la senteur devenait pestilentielle et me montait à la tête, comme si du gibier avait traîné trop longtemps sur le bout d'un comptoir en pleine saison estivale. Au tournant, mes pieds m'avaient donné raison et m'avaient guidée dans ce qui semblait être l'abattoir du bunker. Il n'y avait personne, sauf des carcasses éviscérées suspendues dans les airs, et à la fin de chacune des rangées se trouvaient un énorme bac à détritus. Je m'approchai de l'un d'eux, et mon cœur manqua de me sortir de la poitrine. Ma tête fut prise d'un tournis particulièrement violent, me faisant dégobiller tous les repas de la journée en un seul jet. Je fermai les yeux en espérant pouvoir chasser cette image de ma conscience. En les ouvrant de nouveau, je sus que ce que j'avais vu dans cette cuve était bien trop réel. Plusieurs restes humains étaient empilés à ras bord et ils comportaient un lot important de bras et de jambes. Mais ce qui me troublait le plus dans tout ce cirque, c'était cette tête trônant au haut de cet affreux empilage macabre. Cette tignasse blonde entremêlée de sang séché. Ces traits. Ce ne pouvait qu'être Thomas. Il fallait que je m'en aille d'ici. Le plus loin possible et le plus rapidement. Mes pieds avaient déjà entamé leur mouvement vers l'arrière quand je me rendis compte que je me dirigeais tout droit sur les troncs ballants qui me badigeonnèrent allègrement le dos d'hémoglobine et de graisse. Dans la panique, je me mis à courir. En un rien de temps, j'étais sortie de cet endroit obituaire, les yeux voilés par des filets de larmes.

CHAPITRE 9

L e flux d'eau tombant du plafond avait fait disparaître toute trace du fluide organique qui m'avait souillée. Alors que l'électricité était revenue, la première idée qui m'avait traversé l'esprit, en sortant de cette galère, avait été d'aller le voir, lui. Je n'avais pas envie d'être seule ce soir, et surtout pas après avoir découvert que des humains étaient traités tel du bétail.

Encore une fois, ce fut Milan lui-même qui vint m'ouvrir. Il semblait surpris de me voir. Ses cheveux en bataille laissaient croire qu'il sommeillait peu de temps avant que je parvinsse sur son parquet. Il était vêtu d'une robe de chambre bleu marine en satin qu'il avait assortie d'un pantalon de même couleur. Son peignoir était légèrement entrouvert, ce qui me laissait le loisir d'admirer son torse bien ciselé. Avant qu'il puisse émettre un quelconque mot, saisie d'une pulsion effarante, je me catapultai dans ses bras en pressant mon corps et mes lèvres contre les siennes. Alors qu'il essayait de refermer la porte derrière nous à l'aveuglette, il m'enlaça encore plus fortement contre lui. De la testostérone suintait par tous les pores de sa peau et je pouvais déjà sentir son érection naissante s'appuyer contre le bas de mon ventre.

Il nous fit cheminer jusque dans sa chambre, que je remarquai à peine étant donné qu'elle était plongée dans le noir, puis il se départit de sa robe de chambre en l'envoyant à terre. Mes vêtements subirent le même sort peu de temps après. Milan ne portait maintenant plus que son pantalon à la protubérance certaine et moi je n'avais que mes minimes sous-vêtements pour me couvrir.

Il entreprit de faire glisser l'un de ses doigts le long de ma colonne vertébrale pour le descendre jusqu'à mon coccyx, puis il agrippa pleinement mes fesses de ses deux mains en les pétrissant comme une miche de pain. Il me souleva et alla m'étendre sur sa couche. Ses yeux ardents me contemplaient, et il me fit un petit sourire enjôleur alors qu'il s'allongeait sur moi. Ses lèvres vinrent m'embrasser à pleine bouche, et après un moment, il descendit ses babines dans mon cou, qu'il prit bien soin d'effleurer avec parcimonie. Ce faisant, mon désir pour lui n'en fut que quintuplé.

Au même moment, sa main glissa tout doucement le long de ma cuisse. Il arrêta son mouvement avant d'atteindre l'aine et souleva sa tête pour me regarder, comme s'il cherchait mon approbation avant d'aller plus avant. J'imagine qu'il ne voulait pas avoir à réprimer ses instincts encore une fois, mais cette fois-ci, je n'avais aucun désir de l'arrêter. Il me faisait perdre la tête, et tout ce que je voulais, c'était de le sentir en moi. Je saisis donc sa nuque et l'attirai à nouveau vers moi. Il oublia toutes les réserves qu'il pouvait avoir et redoubla d'ardeur.

Alors que je caressais son dos bien dessiné, ses lippes allèrent se nicher au creux de mon décolleté, où de sa main gauche, il écarta délicatement l'un des bonnets, exposant mon sein à sa merci. Il y déposa plusieurs petits bécots sur le monticule puis pris dans sa bouche mon mamelon bien rigide, qu'il se mit à triturer. Il déplaça tranquillement sa main droite sur ma cuisse, main qu'il avait préalablement posée sur ma hanche, puis alla l'apposer dans mon entre-jambe qu'il se mit à masser tout doucement. Bien qu'une étoffe de tissu nous séparait, mon ventre fut envahi d'une chaleur vive.

Ma main droite erra vers la saillie formée par son pantalon, que je me mis à frictionner de bas en haut et de plus en plus énergiquement. Milan soupira et me débarrassa en un élan de mon bustier et de ma petite culotte. Je fis de même avec son vêtement de satin. Nous étions maintenant deux corps nus brûlants de désir l'un pour l'autre.

Il donna un furtif baiser à mes babines au passage avant de descendre en ligne droite vers mon pubis où il frotta la repousse de sa barbe contre mon aine. Sa bouche trouva son chemin jusqu'à mon mont de Vénus, puis il descendit titiller les replis de ma vulve avec sa langue. Une décharge électrique se répandit dans mon système nerveux, et je sentis mon sexe s'ouvrir, s'affranchir. Sa langue se mit à grattouiller mon clitoris gonflé, et il enfila l'un de ses doigts à l'intérieur de mon con. Mon corps fut pris de spasmes incontrôlables, et après plusieurs longues minutes, Milan se décida enfin à terminer mon purgatoire. Sa verge longue et ferme comme le roc me pénétra d'un coup sec.

Il m'embrassait avec fougue alors qu'il effectuait ses mouvements de va-et-vient. Mes mains exercèrent une pression accrue sur ses fesses galbées afin qu'il puisse s'enfoncer encore plus en moi. Il comprit le message et me pilonna plus rapidement, ce qui rendit son souffle très court. Ses bras étaient accotés contre les miens et j'étais en mesure de sentir toute la puissance qu'il déployait pour me satisfaire. Ses yeux brillaient alors qu'il me lançait une moue enjôleuse, une mèche de cheveux tombant sur son front perlé de sueur.

Ses coups de bassin se mouvèrent d'une nouvelle intensité et il vint mettre sa tête contre mon épaule, dans le creux de mon cou, d'où il laissa échapper quelques gémissements gutturaux. Sa respiration prit un rythme saccadé et je sentis son corps se cambrer. Des contractions involontaires emportèrent ma chair au même moment et une moiteur exquise m'envahit le ventre.

Il demeura un long moment comme ça sur moi, exténué, puis finit par retirer son sexe. Il s'allongea ensuite à côté de moi, mit l'un de ses bras derrière la tête et poussa un soupir de satisfaction, un sourire planté sur le visage. J'allai appuyer mon menton sur son torse, et il se mit à caresser doucement mes cheveux, les laissant filer entre ses doigts.

— J'ignore ce qui t'a fait changer d'avis, mais je suis bien heureux que tu sois revenue, affirma-t-il en me donnant un petit bisou sur le front.

Ne voulant surtout pas aborder les raisons de mon retour ici, je tentai de faire dévier la conversation autre part.

— Je pourrais revenir pour qu'on recommence, autant de fois qu'il le faut, si tu le désires.

J'en prends bonne note, répondit-il en me faisant un clin d'œil.

On passa la nuit à s'esclaffer, à parler de tout et de rien, de notre passé et de nos rêves, puis à refaire l'amour. Je finis par m'endormir à ses côtés, la tête accotée sur son épaule, épuisée par cette soirée riche en émotions.

* * *

Une main cajolait longuement mon avant-bras. Les yeux clos, mon esprit était encore embrouillé, en route vers l'éveil.

En ouvrant mes prunelles, je me remémorai que je n'étais pas retournée chez moi la veille au soir. Milan me fixait, une risette à la figure et des yeux pétillants. Il ne portait qu'un slip blanc sur les hanches, ce qui me donnait la possibilité d'admirer son torse bien défini.

— Je ne sais pas pour toi, commença-t-il, mais moi, je me sens frais comme une rose ce matin. Est-ce que ta nuit a été aussi bonne ?

— Oui. Même que je dirais qu'elle l'a trop été. Quelle heure est-il, là ? Tatiana va m'étriper si je ne viens pas au salon.

— Il est passé dix heures.

En voyant mon air paniqué, il s'empressa d'ajouter :

— Il n'y a pas de presse à avoir, j'ai tout arrangé. Tu peux prendre le temps de relaxer. Vu que je me suis levé plus tôt, j'ai eu une idée… Ça te dirait de venir travailler pour moi, comme ingénieure? Des gens brillants, ça ne court pas tellement les rues ici, et un de mes employés a subitement disparu. Comme la coiffure n'a pas l'air de te passionner, je me disais que…

— Oui! Oui, oui, que oui! m'exclamai-je, ne lui laissant même pas le temps de finir sa phrase.

— Bien, alors! On a donc un peu de temps devant nous pour l'autre surprise que j'ai préparée pour toi.

Il prit ma main gauche et m'invita à sortir du lit. J'eus tout juste le temps de garder un des draps contre mon corps flambant nu.

— Tu es certain que tu as dormi cette nuit, toi? Car, à te voir aller, on ne dirait pas!

Il ne dit mot, mais me gracia d'un sourire fripon des plus craquants et nous fit emprunter la porte menant à la salle d'eau adjacente, qui était, en fait, trois fois plus grande que la mienne. L'éclairage jaunâtre et feutré invitait à la détente, alors que des pétales de rose avaient été mis sur le sol, ébauchant un passage jusqu'au bain. Ce dernier, en céramique blanche et montée sur pattes, était suffisamment grand pour y laisser embarquer deux personnes de grande taille.

Milan fut le premier à retirer son caleçon et à s'y glisser. Je laissai choir le textile qui me couvrait et allai me nicher sur lui, le dos contre son torse et la tête sur son épaule. Je laissai filer d'entre mes doigts une mousse abondante, qui dégageait un aromate de gomme balloune.

— Je sais déjà ce que tu penses, mais je te jure qu'il n'y avait pas d'autre arôme, s'esclaffa-t-il. J'espère que ça ne te répugne pas trop et que tu ne voudras pas te pousser d'ici.

Il se mettait le doigt dans l'œil. Je ne m'étais jamais sentie aussi bien dans le bunker qu'en cet instant bien précis, alors partir, non, il en était hors de question.

CHAPITRE 10

Les androïdes de Milan avaient dégoté une vieille chienne de travail qui traînaillait au fin fond de sa commode, et elle était tellement abîmée que son tissu paraissait sur le point de se désagréger en mille miettes.

Quelques minutes plus tôt, je m'étais pratiquement chicanée avec Milan pour pouvoir la porter, qui arguait que je n'étais pas dans l'obligation de le faire, mais il était hors de question d'obtenir un passe-droit en raison de mes couchettes avec le grand patron. J'allais m'habiller exactement comme tous les autres employés et honorer la place qu'il m'avait offerte dans son équipe.

Je me dépêchai de me la mettre sur le dos pour ne pas retarder Milan qui avait un rendez-vous important avec des investisseurs. Il m'attendait à l'orée de son habitation, déjà préparé. En apparaissant devant lui, je me mis à parader de manière théâtrale.

— Comment me trouves-tu? lui demandai-je, en adoptant une pose taquine, les mains sur les hanches, le buste obliqué vers lui.

— Tout simplement sublime. Mais tu porterais un sac en papier sur la tête que je serais du même avis.

— J'imagine que c'est un compliment, ça?

— Mais c'est que vous avez un sens fort aiguisé de la déduction, chère Watson. Allez, hop, madame! Maintenant, on doit filer!

Tout le restant du trajet, je gardai mon clapet clos, même si j'avais une envie folle de déblatérer en long et en large sur des sujets légers et facétieux. Ce matin, je me sentais d'humeur gaie, et cela faisait un bail que cela s'était produit.

Milan nous avait conduits à travers tout le bunker pour finalement nous faire aboutir devant deux portes colossales en acier où était placardée, en gros lettrage, l'inscription *Quesnel Corporation.*

— Tu dois te sentir fier et heureux de voir ton nom inscrit là-haut.

— Si tu veux mon avis, cet honneur s'adresse plus à mon paternel. Même si bon, oui, je suis plutôt content d'y apercevoir mon nom.

Les portes closes s'écarquillèrent devant nous. Il vint prendre ma main et m'entraîna avec lui à l'intérieur.

— Bonjour, monsieur Quesnel! Les gens de la banque sont arrivés bien à l'avance. Je les ai fait patienter dans la salle de conférence. Est-ce que c'était ce que je devais faire? Un petit café, pour vous et la belle dame qui vous accompagne? débita d'un seul trait l'androïde femelle qui s'était rué sur nous dès notre arrivée. Elle tenait une carafe à café dans l'une de ses mains et des tasses en porcelaine dans l'autre.

— Oui, Anja, c'était ce qu'il fallait faire, assura-t-il. Et je te remercie pour le café.

Milan versa dans nos bols la boisson fuligineuse aux notes aromatiques épicées. Il donna à Anja quelques instructions rapides sur la marche à suivre pour la matinée et m'incita par la suite à l'accompagner.

Rendus à la lisière de la salle de conférence, il me demanda gentiment de l'attendre à l'extérieur, m'expliquant que sa rencontre ne durerait que quelques minutes à peine. La réunion s'avéra effectivement brève, car peu de temps après son début, des voix tonitruantes s'élevèrent au-delà de la cloison. La porte s'ouvrit, laissant filer plusieurs hommes aux tempes grisonnantes et fagotés de veston-cravate. Aucun d'eux ne me prêta attention, et ils disparurent assez rapidement hors de ma vision. Milan, quant à lui, tardait à se montrer le bout du nez. Il se trouvait toujours dans la salle de conférence, les deux mains apposées sur une table rectangulaire et le thorax penché à quatre-vingt-dix degrés. Sa tête était cernée par ses bras et son visage regardait en direction du sol.

— Qu'y a-t-il?

J'avais largué cette question avec des pincettes, n'étant pas trop certaine de son humeur du moment. Une veine sur son cou formait un relief bleuté, mais il se releva, parfaitement calme. S'il était en colère, il ne le laissait pas paraître sur son faciès.

— Rien. Tout va bien. Suis-moi. J'ai quelque chose à te montrer.

Il nous fit sillonner les murs de sa firme pendant plusieurs minutes, jusqu'au moment où nous atteignîmes un vaste entrepôt où se trouvait une centaine de robots immobiles.

— Je pensais que tu pourrais m'aider pour leur développement. C'est mon tout dernier modèle, des CK8057. Ils sont destinés au combat, mais ils ne sont pas encore au point, parce que je n'arrive pas à faire fonctionner leur système d'armement adéquatement. Il y a quelque chose qui bloque et je n'ai pas encore réussi à trouver ce qui cloche.

Animée par la résolution de problèmes, je m'approchai de l'une des machines. Sa coque faite d'un alliage de fer et de carbone s'élevait d'au moins un mètre au-dessus de moi. Milan se rendit derrière l'androïde et le mit en marche. Son tronc déjà imposant se mit à prendre de l'expansion et la membrane recouvrant ses yeux charbonneux se rétracta. Des canons chargés à bloc émergèrent de chacun de ses doigts longuets. Milan enclencha la mise à feu et l'automate se replia sur lui-même.

— Voilà ce que je te disais, dit Milan en soupirant, découragé.

* * *

J'avais planché tout l'après-midi à essayer de réparer le robot de Milan, en vain. La défectuosité était plus importante que je ne l'avais considéré au départ. Beaucoup d'heures supplémentaires de besogne se profilaient à l'horizon, mais je n'avais plus le goût de m'y atteler davantage aujourd'hui, car pour l'instant une faim de loup mûrissait en moi.

Milan m'avait laissée en plan quand l'un de ses employés avait fait irruption en prétextant qu'un esclandre avait éclaté entre deux ouvriers, et depuis, je n'avais pas vu le temps filer. Je devais le retrouver chez lui ce soir.

Le quartier central était bondé de monde, comme à son habitude à cette heure-ci. Je filai tout droit vers le comptoir où les repas étaient servis et j'attendis que ce soit mon tour.

— Anna !

Je me retournai vers cette voix satinée, cherchant à savoir qui en était l'émetteur dans tout ce brouhaha ambiant, puis je vis apparaître Tatiana au détour.

— Anna ! Mais tu étais où bon Dieu ? On te cherche depuis des heures ! On est même allés vérifier dans ta chambre voir si tu y étais, et Alice nous a dit que tu n'étais jamais rentrée après ta soirée chez les nababs.

— Je croyais que quelqu'un s'était chargé de t'avertir, non ?

— On m'a simplement dit que tu serais absente, mais on ne nous a jamais expliqué pourquoi tu l'étais. Tu aurais pu être malade, ou je ne sais pas, disparu. Te rends-tu compte de la frousse que tu nous as tous donnée, après ce qui est arrivé à Thomas ?

— Je vais bien, Tatiana, tout va très bien. J'ai simplement rencontré quelqu'un à cette soirée, et j'ai passé la nuit avec lui...

Se mettant tout d'un coup dans la peau d'une grande inquisitrice, elle se mit à me poser une tonne de questions avant même que je n'aie eu le temps de finir ma phrase.

— Tu rigoles ! Comment as-tu réussi ce coup-là ? Quel nabab as-tu réussi à te farcir ? Je n'en reviens pas ! Et dire que je pensais que c'était une légende urbaine que de réussir à capter leur attention. Est-ce que tu crois qu'il veut te revoir ?

— Oui, ce soir. C'est Milan Quesnel, tu sais, de *Quesnel Corporation*. Et il est… vraiment charmant. Je ne m'attendais pas à rencontrer un homme comme lui là-haut, quelqu'un de si gentil. Il est loin de l'idée qu'on se fait d'eux.

— Milan ! C'est tout un numéro que tu as pêché là, ma belle !

Elle se pencha plus avant vers mon oreille.

— Et dis-moi, combien de fois l'avez-vous fait pour qu'il veuille te revoir à ce point ? Tu as dû être particulièrement douée.

— On ne t'a jamais dit que la curiosité était un vilain défaut ? Mais si tu tiens tant à le savoir… trois fois. Une fois hier soir, une autre cette nuit et une dernière dans le bain ce matin.

Loin de moi l'idée de m'en vanter, mais depuis hier soir, je me sentais flotter sur un nuage. L'avenir, en étant séquestrée ici, m'apparaissait désormais moins morne et ennuyant.

— Qu'est-ce que vous allez prendre, la cuisse ou la fesse ? me demanda la cuisinière, à brûle-pourpoint.

Sa question me heurta comme un coup de massue. Le visage de Thomas s'était frayé un chemin jusque dans ma tête, et à présent, je me demandais si ce n'était pas lui qui reposait dans ces casseroles exposées devant moi. Aucune des carcasses que j'avais découvertes hier soir n'était d'origine animale. Je compris qu'on avait traité des humains comme du gibier et qu'on les avait dépecés pour les offrir à une population qui n'avait sans doute aucune idée qu'ils avaient possiblement gobé une personne d'importance de leur vie. Une nausée foudroyante s'empara de moi et les muscles de mon estomac se contractèrent violemment, sans que j'arrive à expulser quoi que ce soit. Je quittai la cuisine à bride abattue, suivie par une Tatiana ayant l'air de se demander quelle mouche m'avait piquée.

Fonçant vers la table où mangeait ma bande de copains, je pris les assiettes de Bryan et de mon père et les propulsai sans cérémonie sur le béton. Les aliments et les éclats de porcelaine maintenant entremêlés, une commotion s'était créée dans le quartier central, les gens s'échangeant des regards désolés pour cette pauvre folle qui avait perdu les pédales. Tatiana serra avec fermeté mon bras et m'emmena à l'écart.

— Mais qu'est-ce qui te prend, Anna? Tu as perdu la tête ou quoi? Être arrêtée pour désordre public, c'est ça que tu veux?

— Non, bien sûr que non. Écoute, je ne peux pas t'expliquer tout de suite. Il faudrait que vous veniez tous chez moi ce soir. À huit heures. Avant ça, j'ai besoin de parler à Olivier, tu sais où il est?

— Sûrement dans la gare, en train d'astiquer sa précieuse navette.

— Merci! lançai-je en étant déjà sur mon départ.

Je courus comme si un chien furibond était à mes trousses et repérai Olivier là où Tatiana m'avait dit qu'il serait, dégraissant l'une des ailes de son appareil.

Il semblait tellement concentré par sa tâche qu'il ne remarquât même pas ma présence. Je raclai ma gorge, le faisant se retourner dans un soubresaut.

— Oh! Tu es derrière moi depuis longtemps?

— Non. Je viens tout juste d'arriver. Désolé de t'avoir fait une peur pareille.

— C'est tout pardonné.

Il passa une main dans ses cheveux indisciplinés.

— Et quel bon vent t'amène, ma chère? Tu es venue me supplier de te laisser faire un petit tour dans mon gros bolide?

Il se trouva visiblement très drôle, car ses épaules se mirent à tressaillir. Mais lorsqu'il s'aperçût que je demeurais stoïque, il ravala aussitôt ses éclats de rire.

Lançant un bref regard aux alentours, je me rapprochai de lui, de sorte que je me retrouvais maintenant plus qu'à quelques centimètres de son visage. Il dégageait une forte odeur de fond de tonne par tous les pores de sa peau. Mal à l'aise en raison de cette proximité, il eut un léger mouvement de recul et se heurta sur l'empennage de son aéronef.

— Tu as raison, Olivier. Tu n'as jamais si bien dit. Il y a un moyen de s'en aller d'ici?

Il me dévisagea, son sourcil droit imitant la forme d'un triangle au-dessus de sa paupière.

— Tu parles sérieusement là?

Je me contentai de hocher la tête. Il approcha sa bouche de mon lobe d'oreille et y susurra :

— C'est vrai que c'est nul de vivre ici, mais où voudrais-tu bien qu'on aille? La Terre est perdue et il n'y a rien d'autre pour nous que le bunker. Crois-moi, ce n'est pas faute d'avoir déjà essayé… Mais la flotte est remplie de balises de positionnement et j'ai été repéré en moins de deux. Ils me surveillent de près depuis ce temps. Il n'y a aucun moyen de s'évader.

Ses maxillaires étaient tendus au maximum.

— Tu viendrais chez moi ce soir? Tout le monde y sera.

Puisque s'enfuir était impossible, je devais envisager d'autres possibilités.

CHAPITRE 11

Tatiana, Bryan, Sun, Olivier, mon père et mon frère arrivèrent à l'heure prévue, et contrairement à ce que je leur avais tous dit, la petite rencontre ne se ferait pas dans ma piaule. Milan m'avait donné rendez-vous chez lui et j'avais décidé d'emmener tout ce beau monde avec moi. Quelle ne fut pas sa surprise lorsqu'il nous vit tous atterrir sur le pas de sa porte. S'attendant à me voir arriver seule, il n'était vêtu que de son pantalon de satin qui lui seyait à merveille les hanches.

— Tu ne m'avais pas dit que tu emmènerais de la compagnie. Avoir su, je ne serais pas à moitié nu...

S'il avait pu se dissoudre entre les dalles de son plancher, il l'aurait fait, car il n'avait pas du tout l'air de savoir quoi faire de son corps.

— Tu nous fais rentrer avant qu'on attrape tous un vilain rhume? se marra Tatiana devant l'air ahuri que montrait Milan.

Il écarta tout grand la porte et fit passer tout le monde devant lui, moi étant la dernière à pénétrer dans son repaire.

— Un beau jour, il va falloir que je te la fasse payer celle-là, me prévint-il sur un ton mi-courroucé, alors que les autres étaient déjà rendus loin, s'extasiant devant la somptuosité de son loft.

Désirant me faire pardonner devant la mine penaude qu'il affichait, je pressai mes lèvres contre les siennes. Il essaya de me résister, mais répondit à mon baiser après quelques secondes.

— Vous venez les tourtereaux ? Tu ne nous as quand même pas fait venir ici pour qu'on vous regarde vous minoucher ! s'exclama Bryan.

Je me séparai de Milan à contrecœur, mais au moins j'avais réussi à rallumer la flamme malicieuse qui luisait dans ses yeux lorsqu'il posait le regard sur moi. Il alla se couvrir d'un duveteux chandail cyan et nous servit à tous un verre de vin.

— Alors, c'est donc toi l'homme qui a envoûté notre belle Anna, rétorqua Tatiana, bien assise au fin fond du canapé en grattouillant l'ourlet d'un coussin molletonné.

— Je dirais plutôt que c'est le contraire qui s'est produit, répondit Milan qui me lança un regard affectueux.

— Non, mais regardez la comédie qu'il est en train de nous jouer !

Olivier avait la main enroulée sur un archet invisible qui grattait les cordes d'un violon tout aussi imaginaire.

— Oh, tu veux bien te la fermer, espèce d'idiot ! vociféra Tatiana en projetant, tel un missile, le coussin qu'elle triturait depuis plusieurs minutes. Tu ne pourrais pas être content pour ton amie, pour une fois, nom de Dieu ! Ça ferait changement de ton humeur massacrante que tu nous forces à endurer depuis quelques mois! Et justement, je n'ai jamais compris pourquoi tu es devenu aussi bougon. Il me semble qu'avant, au moins, on pouvait te parler et tu étais presque sympathique.

— Presque? lui répondit-il en détachant chacune des syllabes. Non, mais tu es vraiment d'une gentillesse! Ma vie, elle n'est pas de tes affaires, et ce n'est certainement pas ici que je vais me mettre à te la raconter en détail, surtout pas devant lui. Ce mec, combien de filles penses-tu qu'il a ensorcelées depuis qu'il est pubère? Les nababs sont tous pareils, sans exception. Maintenant que c'est dit, est-ce qu'on peut enfin savoir ce qu'on fabrique ici, que je puisse retourner chez moi et ne pas manquer le magnifique spectacle de barbotage de mes faux poissons?

Un silence écrasant planait, électrifiant l'air au-dessus de nos têtes. Chacun sirotait sans oser dire un mot. Olivier, qui s'était levé, emporté par l'émotion, était allé se rasseoir avec lourdeur à côté de Tatiana qui lui aurait lancé un autre de ses coussins si elle en avait eu un supplémentaire en sa possession. Quant à Milan, je voyais bien que ce n'était pas le genre de soirée qu'il s'était imaginé pour nous deux.

Incapable de trouver une manière décente d'aborder ce que j'avais à leur révéler, je décidai qu'il valait mieux ne pas passer par quatre chemins et qu'il était préférable d'aller au but.

— La viande qui nous est servie à chaque repas ne vient pas d'animaux recréés artificiellement. C'est de vraies personnes. Des humains.

La bombe avait été lancée et une incrédulité générale tapissait les faciès.

— Voyons Anna, ma chérie… Tu dois te tromper, dit tout bas mon père. Son inflexion vocale rappelait celle qu'il prenait toujours lorsque j'étais une enfant et que j'avais fait une gaffe. Mais je savais qu'il n'était pas en colère. En fait, je savais qu'il n'était que préoccupé par l'équilibre mental de sa fille désormais devenue une adulte.

— Je sais ce que j'ai vu, martelai-je, convaincue du bien-fondé de ce que j'avançais. Je pense qu'on nous ment en pleine face à propos de bien des choses. Vous vous souvenez de la panne de courant d'hier soir ? J'ai quitté Milan… Et en marchant, j'ai vu une allée avec des écriteaux qui disaient que le passage était interdit, mais aucun garde ne s'y trouvait pour surveiller. J'ai fait ma curieuse et je suis entrée. Eh bien, vous savez ce que j'ai vu étendu sur une table ? Un Zyronois qui n'en menait pas large. Quelqu'un l'a torturé. Et dans la pièce d'à côté, il y avait… une boucherie humaine. Des corps morts dépecés et suspendus partout. Ça donne comme impression que les méchants ne sont pas ceux qu'on veut nous faire croire.

Je m'étais bien gardée de préciser que l'un des cadavres que j'avais reconnu appartenait à Thomas. Leur donner ce renseignement aurait été de tourner le fer dans la plaie, en anéantissant à coup sûr Bryan.

— Tu veux dire que pendant tout ce temps…, commença Tatiana.

— On a bouffé des gens qu'on connaissait, termina Bryan, le regard enseveli sous un rideau de vapes. Tu as trouvé Thomas là-bas, n'est-ce pas ?

Il m'avait coupé l'herbe sous le pied, et ce qui était surprenant, c'était qu'il ne s'était pas effondré en le réalisant. Devant mon absence de réponse, il s'accouda sur ses genoux, les yeux humides. Il faisait preuve d'un flegme singulier dans les circonstances.

— Je le sentais qu'il lui était arrivé quelque chose, reprit-il, et je mentirais si je disais que je ne m'y attendais pas avec tous ces gens disparus qu'on n'a jamais revus. Ça ne pouvait pas être normal. Disparus comme par magie, c'est bon pour les contes pour enfants! D'une certaine manière, ça me rassure de savoir qu'il ne souffre plus. Je suis sûr qu'il est mieux que nous où il est rendu, parce que j'imagine que c'est une question de temps avant qu'on passe tous aussi à la moulinette.

— On peut faire quelque chose? Se sauver peut-être? répliqua avec timidité Sun qui essayait tant bien que mal de se caler au fond du sofa.

— Comme je disais plus tôt à la petite demoiselle ici présente qui est venue me supplier qu'on déguerpisse, c'est impossible, certifia Olivier. Ils vont nous rattraper, nous capturer et nous faire pire que de nous couper en petits morceaux. J'ai eu de la chance de l'essayer avant que cette mode de découpage ne leur passe par la tête.

— Je vois. J'ai saisi, mais on ne peut pas rester les bras croisés non plus, dit mon paternel. Et comme je te connais Anna, tu as réfléchi à une autre solution avant de tous nous faire venir ici ce soir. C'est quoi tes plans?

Il connaissait sa fille sur le bout des doigts. Une idée avait bien germé dans mon esprit, mais je savais qu'elle ne ferait pas consensus. Je voyais déjà poindre à l'horizon des contestations.

— Le monde a le droit de savoir ce qui se passe ici. Mais si on arrive comme ça avec nos gros sabots et qu'on leur balance la vérité en plein visage, ils ne nous croiront pas et vont se dire qu'on est fous. Même si ça fait peu de temps que je vis dans le bunker, j'ai vu à quel point le sénateur Lewis a une emprise sur tout le monde. Le mieux serait d'arriver de l'intérieur, patiemment. Il faut être plus crédible à leurs yeux. Les têtes brûlées, ça n'impressionne personne. Alors, il n'y a pas trente-six solutions. Je dois réussir à me faire élire au sénat aux prochaines élections.

— Tu n'as aucune chance de gagner les suffrages, petite sœur, maugréa Noah, qui semblait sorti de sa torpeur. C'étaient ses premières paroles de la soirée. Depuis quelques jours, sa conscience semblait divaguer autre part, partagée entre fantaisie et réalisme, alors que mon frère était d'habitude l'homme le plus jovial et relax que je connaisse. Quelque chose lui chicotait les méninges et cela attisait ma curiosité.

— Enfin quelqu'un qui a du plomb dans la cervelle! s'écria Olivier. Sais-tu contre qui tu veux te battre, Anna? Lewis a toute une équipe derrière lui, des armes, des automates, des navettes. Il n'a jamais eu d'adversaire et ce n'est pas pour rien. Il est imbattable. Et même si tu avais une minuscule chance de l'emporter, tu crois qu'il te laisserait faire? Voir des gens découpés ne t'a pas suffi? Tu pourrais te faire tuer là-dedans. Et tu sais, moi aussi je le hais. Moi aussi je voudrais le voir nous foutre la paix. Mais tiens-tu à perdre la vie pour des gens que tu connais à peine? Tu crois que ces gens que tu veux sauver seraient prêts à faire la même chose pour toi? Non, je ne le pense pas. Tout ce qu'ils vont vouloir, quand les dés vont être jetés, c'est sauver leur peau. Ils auront bien raison de le faire.

— Ce n'est pas parce que tu as peur et que tu es égoïste qu'on est pareils et qu'on doit tous prendre son trou, lui décocha Tatiana. Je trouve ça admirable qu'il y ait enfin quelqu'un qui ait assez de couilles pour s'opposer à Lewis. Je suis derrière toi Anna. Tu as mon vote, et si tu as besoin d'aide, je suis là.

Sun et mon père donnèrent leur aval, alors que sans surprise, Olivier et Noah s'y opposèrent avec fermeté. Milan, quant à lui, émit des réticences en désapprouvant ma quête, mais me donna quand même son appui. Malgré ces opinions divergentes et tous les bons points emmenés par les deux partis en opposition, je décidai de me lancer dans cette course électorale et d'assumer cette décision jusqu'au bout, peu importe les conséquences, bonnes ou mauvaises, qui pourraient en découler.

Tout le monde s'en était allé quelque temps après, et Noah s'était éclipsé sans nous dire au revoir, à la manière d'un voleur.

— Il était bizarre mon frère. Il n'est pas comme ça habituellement. Il doit être malade ou autre chose comme ça. Mais Olivier, lui, je n'ai vraiment pas d'excuse valable pour son comportement. Il est désagréable et déplaisant en permanence, donc en totale fidélité avec lui-même!

Vas-tu un jour me pardonner de t'avoir imposé tout mon entourage sans te prévenir ?

Il s'approcha de moi avec ses index et ses auriculaires enroulés autour des coupes tachées par le vin.

— Hum ! Laisse-moi réfléchir trente secondes... Le mérites-tu vraiment ? Parce que me retrouver presque nu devant ton père, ça c'est très gênant pour une première rencontre. Des plans pour qu'il pense que je suis un obsédé !

— Et ce n'est pas ce que tu es ?

Il posa les coupes sur le comptoir derrière moi et en profita pour entourer ma taille de ses bras. Je voyais bien qu'il essayait de me camoufler un rictus naissant.

— Mais absolument pas ! Tu as de drôles d'idées, toi ! Où vas-tu chercher ça ?

Comme pour appuyer ses dires, il déposa un chaste baiser sur mon front, mais éclata de rire deux secondes plus tard.

— Trêve de plaisanterie, continua-t-il, je te pardonne si tu me promets que tu vas être prudente avec cette histoire de campagne électorale. Tu prends un gros risque, et c'est vrai qu'il y a de sales histoires qui circulent à propos de Lewis... À ma rencontre avec les investisseurs ce matin, ils m'ont menacé que ça se passerait mal pour moi si je ne leur livrais pas à temps les CK8057. Qu'est-ce qu'ils avaient à l'esprit quand ils m'ont dit ça ? Je n'en ai aucune idée, mais avec tout ce que tu viens de nous raconter, il ne fait aucun doute que Lewis prépare un sale coup et que ça n'augure rien de bon pour personne.

CHAPITRE 12

La journée n'était débutée que depuis peu. Les couloirs étaient déserts et seuls les lève-tôt s'affairaient.

— Vous êtes certaine que c'est une bonne idée, madame? s'enquit Alice, paranoïaque à l'idée qu'on la reprenne à se balader hors des murs de notre chambre.

— Mais oui. Si je suis élue, fini la réclusion pour les robots. Et dis-toi que le pire qui pourrait m'arriver d'ici là soit que je me fasse arrêter.

— C'est justement ce qui m'effraie le plus, qu'on vous fasse du mal. Je ne voudrais pas que vous finissiez comme Thomas.

Alice et moi étions parvenus au bureau des inscriptions. Les locaux, à peine plus grands qu'une garde-robe, étaient dépouillés de meubles ou d'apparat. Un écran fixé sur le mur devant moi s'alluma lorsqu'il détecta ma présence.

— Si vous désirez présenter votre candidature pour les élections de l'année 2065, veuillez mettre vos paumes à l'endroit indiqué, ordonna la voix saccadée et sans âme du moniteur.

Deux pictogrammes airains représentant des mains placées pouce contre pouce s'illustrèrent en surbrillance, m'incitant à y juxtaposer les miennes. Une pensée clandestine soutint qu'il n'était pas trop tard pour rebrousser chemin et qu'il était encore possible de ne pas aller de l'avant, mais elle fut vite chassée lorsque les visages de mon père, de mon frère, de Tatiana et de Milan s'imprimèrent dans ma boîte crânienne. Je n'avais aucune envie qu'ils se retrouvent sous ma fourchette dans un avenir plus ou moins rapproché, alors je m'exécutai.

— Adhésion confirmée de madame Anna Amaryllis au prochain scrutin. Veuillez maintenant fixer des yeux le point rouge qui flotte devant vous.

Je n'eus pas le temps de me demander en long et en large ce qu'elle entendait par là qu'un éclair étincelant me brouilla le regard. Une légère période de récupération dut être nécessaire afin que ma vision devienne exempte de tous picots lumineux agaçants.

— Nous vous souhaitons la meilleure des chances pour la suite et nous vous adressons nos meilleures salutations. Au revoir, rajouta l'écran avant de s'éteindre.

* * *

Nous n'avions passé que cinq minutes à l'intérieur du modeste local, et pourtant, lorsque nous sortîmes, le quartier central pullulait déjà de gens attablés pour le petit déjeuner. Une photographie holographique de ma personne, en l'occurrence celle prise deux minutes plus tôt, se mit à voleter sur la surface vitrée de la voussure, ce qui rendit officielle mon entrée dans la course électorale.

— Il faut croire que les nouvelles vont vite, constatai-je.

Un groupe de femmes papotaient déjà entre elles, trop contentes d'avoir enfin quelques nouvelles fraîches à se mettre sous la dent. À leurs côtés, un garçonnet n'accordait visiblement pas la même importance que ces dames à ce qui se tramait dans le monde des grands, trop occupé à piocher dans ses patates pilées. Son trou excavé, il y fourra son index en son centre, le remua dans un mouvement circulaire et ria. Sa mère, qui avait remarqué son petit manège indécent, lui asséna une tape sur la main, et le gamin cessa de rigoler en soupirant.

Du coin de l'œil, j'entrevis Noah détaler précipitamment du quartier central alors qu'il ne venait que d'y entrer. Sa figure s'était rembrunie dès qu'il m'avait aperçue sur la voûte. Je courus derrière lui pour le rattraper. Ses enjambées rapides me donnaient du fil à retordre, comme s'il fuyait un diable qui était à ses trousses. Au détour d'un mur, je réussis à lui agripper un des coudes, ce qui le força à enfin s'arrêter.

— Aïe! Tu veux bien me lâcher! meugla-t-il d'un ton glacial.

Dans un effort démesuré pour se détacher de ma prise, il donna un gros coup de bras vers le bas et vint déployer ses doigts tout autour de mon poignet. Il le comprimait si fort que j'étais certaine qu'il finirait par broyer chacun de mes os dans un claquement sec, et de la sueur perlait sur la peau tendue de son front rougeaud. Son regard s'était paré d'un rideau charbonné, faisant presque disparaître sa belle teinte azuréenne d'origine, lui donnant une apparence d'outre-tombe.

— Qu'est-ce qu'ils ont tes yeux? Arrangé comme ça, tu fais peur mon frère, dis-je avec un vibrato coincé en travers de la gorge et le corps traversé par un frisson d'inquiétude.

— Rien. Mes yeux n'ont rien, tu m'entends! crachota-t-il en se détournant brutalement. C'est toi qui n'aurais pas dû t'exposer de la sorte. Tu ne sais pas dans quoi tu t'embarques avec ces élections...

— Je sais très bien dans quoi je m'embarque et là tu essaies juste de me faire changer de sujet. La vérité c'est que je ne te reconnais pas, Noah. Tu me fous la chienne! Il est où le gars toujours prêt à rire, à l'humeur contagieuse et qui a toujours été là pour me soutenir, peu importe mes décisions? C'est les militaires qui t'ont rendu comme ça, pas vrai? Tu es plus toi-même depuis que tu traînes avec eux. Jamais tu ne m'aurais agrippée et fait mal comme tu viens de le faire. Maman aurait eu honte de toi. Si tu me disais ce qui se passait aussi, je pourrais peut-être t'aider...

Sans même daigner me fournir une seule explication qui apaiserait mes craintes, il avait pris les jambes à son cou et s'était évaporé derrière une harde d'automates en blouse lactescente.

— On craignait que vous ne veniez pas, affirma une voix derrière moi, m'extirpant de mon hébétude.

— Venir pour quoi et à quel endroit?

Ébranlés par l'altercation avec Noah, des pans de ma mémoire étaient tombés dans un abysse, car je n'avais aucune idée dont ce robot parlait.

— Le docteur Émilien vous attend pour votre consultation et votre injection de vitamines, précisa-t-elle. Il espérait vous revoir deux semaines après votre arrivée, vous l'aviez oublié?

— Oui. Ça m'était sorti de la tête. Je suis très en retard?

En sondant les parages, je me rendis compte que j'avais suivi Noah jusqu'à me trouver à deux pas du service de santé, ce qui expliquait pourquoi l'automate m'avait retrouvée sans trop de misère.

— De deux ou trois minutes, pas plus. J'ai déjà préparé la salle d'examen.

Elle sortit de sa poche de linge placée en bandoulière sur son épaule une jaquette corail, qu'elle nicha entre mes mains en me priant de la suivre dans le dispensaire. Les deux premiers cabinets privés étant déjà occupés, elle me fit pénétrer dans le troisième. Deux semaines plus tôt, je m'étais retrouvée ici, l'esprit tenaillé de doutes et d'appréhension. Les jours qui s'étaient écoulés depuis m'avaient semblé durer une éternité, et je n'étais pas certaine que la Anna de maintenant était la même que celle d'il y a jadis, lorsque je vivais dans ma maison avec ma famille.

Après que la buée eut fait son œuvre sur la vitre, je pus me changer à l'abri des regards et me hisser sur la table. Émilien se pointa à la seconde même où mon postérieur se posa sur la froideur du strass. Passé les salutations d'usage, il m'encouragea à m'aliter.

— Voyons d'abord ce que disent vos marqueurs biologiques.

La coupole m'enclava, et elle débuta son évaluation sommaire avec un rayonnement à l'infrarouge. Une mince tigelle, sortie de l'extrémité d'un bec, creusa les tissus organiques de mon épaule, où un fluide liquoreux fut expulsé dans mon derme par un piston. Dix secondes plus tard, l'aiguillette se retrancha et s'en retourna d'où elle était sortie. Le bulbe me recouvrant se contracta, ce qui me laissa le champ libre pour me rasseoir.

— Ça a été pas mal plus rapide cette fois-ci. Je pensais que ça prendrait autant de temps que la dernière fois, articulai-je, en défroissant ma jaquette qui était remontée sur le haut de ma cuisse.

— Vous arriviez de loin, la dernière fois, répliqua Émilien. On avait beaucoup plus de problématiques à traiter, alors qu'aujourd'hui, ce n'était qu'un suivi tout simple, qui m'a servi à savoir si votre santé s'est améliorée depuis qu'on s'est vus.

Il écourta la distance entre nous et décrut son volume sonore :

— Je croyais que votre taux de fer dans le sang serait revenu à la normale, Anna, mais là, je suis étonné de m'apercevoir qu'il a à peine augmenté depuis deux semaines. Vous avez bien suivi la diète carnée que je vous avais prescrite, n'est-ce pas? Vous avez mangé de la viande?

Mon silence se fit éloquent.

— Que... comment ça, non? Est-ce que c'est... est-ce que... vous savez? C'est ça qui vous a poussé à vous présenter aux élections? voulut-il savoir en se mettant à faire les cent pas, son index et son pouce se promenant sur sa mandibule argentée. Ses traits de robot se mirent à exprimer une anxiété qu'il avait mal à cacher.

— Je veux que vous sachiez que je n'ai jamais voulu qu'on en arrive à ça, tenta-t-il de se justifier en venant s'asseoir à côté de moi. J'ai essayé pendant des mois de créer des fibres musculaires animales artificielles qu'on aurait pu utiliser pour nourrir tout le monde sans recourir à des atrocités, mais créer la vie est plus que complexe qu'on peut le penser. Je n'ai pas réussi. Alors j'ai proposé d'injecter des vitamines, comme je vous l'ai fait à vous pour restaurer votre taux d'hémoglobine, mais Lewis n'était pas de cet avis. Il disait que les coûts de production allaient être trop élevés et qu'on était, de toute manière, trop nombreux pour l'espace disponible, qu'il fallait bien en éliminer quelques-uns pour arriver à survivre. Il disait que c'était un mal nécessaire et que c'était préférable de tuer, en le faisant en toute discrétion bien évidemment. Il a ignoré mes recommandations et m'a fait jurer de ne jamais en parler à quiconque, sinon il allait me désactiver et abattre tous ceux à qui j'en aurais parlé. Quand le sénateur prend une décision, c'est impossible de lui faire changer d'idée, que tes arguments soient en béton ou pas ou qu'il ait tort ou pas. À cause de mon échec, il y a tellement d'innocents qui ont perdu la vie. Si vous saviez à quel point je m'en veux... Et maintenant que vous savez tout vous aussi... s'il le découvre, vous ne serez jamais plus en sécurité, ni vos proches d'ailleurs. C'est déjà toute une première pour lui que quelqu'un ose se présenter contre lui aux élections, mais s'il apprend qu'en plus vous connaissez l'un de ses secrets d'État, vous et vos proches, vous n'avez plus aucune chance d'être épargnés. Ne lui laissez jamais deviner que vous êtes au courant. Ni à lui ni à son entourage immédiat. Ne faites confiance à personne !

— Je suis certaine que tu as tout fait pour essayer de le convaincre, Émilien. Tu n'as pas à t'en vouloir. Ce n'est pas toi qui tiens les armes et qui as du sang sur les mains, c'est lui. En fait, il est tellement lâche qu'il laisse plutôt faire ce sale job à ses marionnettes. Tout le monde devrait le voir tel qu'il est… Mais je te promets que je ne ferai pas de bêtise. Je vais être prudente, et tu n'as pas à t'inquiéter pour moi. Je ne ferai pas d'annonce publique là-dessus avant d'avoir obtenu des preuves solides de son implication, s'il a laissé des traces bien sûr, même si l'idéal serait que je me fasse élire. On en serait débarrassé, plus personne ne souffrirait et le tour serait joué.

Un silence méditatif s'implanta entre nous. Je fixai mes yeux sur une perle d'eau qui s'était formée sur la vitre embuée nous séparant du monde externe. La goutte dégringola en empruntant un trajet sinueux et alla s'échoir sur le plancher.

— Je ne peux pas vous aider à remporter vos élections, m'informa Émilien. Ce serait trop risqué et Lewis se douterait de quelque chose. Par contre, je peux vous donner, à vous et tes amis, des fioles remplies d'une potion vitaminée qui vont vous permettre de garder la santé sans avoir à consommer de viande… J'aurais préféré tous vous faire venir ici aux deux semaines pour recevoir des injections, parce que c'est beaucoup plus efficace et rapide avec ce mode d'administration, mais comme je suis obligé de rédiger des rapports après chaque consultation et que les données médicales de tous les citoyens sont envoyées directement au bureau du sénateur Lewis, vous comprenez que je ne pourrai justifier éternellement que vous en avez réellement besoin. Il comprendrait assez vite que vous savez tout, et je ne suis pas prêt à tous nous faire prendre ce risque.

Il enfonça sa main dans sa poche droite, où quelques objets s'entrechoquèrent dans un cliquetis, et la ressortit avec quatre ampoules saturées à ras bord d'un fluide ferrique, qu'il vint déposer directement dans ma paume.

— Gardez-les en sûreté. N'en donnez qu'aux gens les plus proches de vous. Cinq millilitres deux fois par jour devraient suffire pour maintenir votre taux dans les normes. Quand vous serez à sec, revenez me voir en prétextant que vous êtes souffrante du ventre. Et dernière chose avant que vous me quittiez. Si j'étais vous, je m'arrangerais pour retourner à une soirée donnée par Sarah chez les nababs. Beaucoup de sénateurs y vont pour l'alcool et les femmes. Vous pourriez peut-être en profiter pour leur soutirer quelques informations intéressantes qui vous aideraient dans votre recherche de preuves contre le sénateur Lewis. J'ai l'impression que cette barbarie cannibale n'est que la pointe de l'iceberg et qu'il a bien d'autres choses pas très reluisantes à cacher. Par contre, soyez bien prudente avec ce que vous leur direz. Les autres sénateurs sont les murs et les oreilles de Lewis, et un mot de trop pourrait vous coûter très cher. Ne lui donnez pas sur un plateau d'argent le plaisir de vous détruire.

CHAPITRE 13

— Vous êtes certaines qu'elle n'est pas trop décolletée? On dirait qu'on ne voit que mes seins.

— Elle est parfaite pour vous, réfuta Mathilde. Elle vous sied à merveille! Et quant au fait que vous dites qu'on ne voit que vos seins, ce n'était pas censé être l'effet escompté? Donc une bonne chose?

Mathilde, l'un des androïdes favoris de Milan, et Alice, qui croulait sous le poids d'un miroir trop immense pour elle, avaient été d'une grande aide pour que je puisse enfiler cette robe noire beaucoup trop petite prêtée par Sarah. Cette dernière avait accepté que j'accompagne Milan au bar des nababs ce soir en tant que petite amie officielle, à condition que j'accepte de me vêtir d'une tenue de circonstances, en l'occurrence, la sienne. Sa robe étant d'une taille plus petite que la mienne, j'eus toutes les misères du monde pour ne pas la déchirer en la faisant traverser le cap de mes hanches. Les coutures s'avérèrent beaucoup plus résistances qu'elles n'y paraissaient.

— C'est vrai que j'ai dit qu'attirer leur attention sur mes seins pourrait me permettre d'obtenir des confidences supplémentaires de leur part, mais à ce point-là… Tant qu'à y être, je pourrais me mettre toute nue, il n'y aurait sans doute pas de grosse différence. Maintenant, je dois juste espérer que ces hommes seront trop ivres pour se souvenir de moi demain matin.

— C'est ce que je souhaite aussi, dit la voix à la tonalité basse de Milan, dont le reflet venait d'apparaître dans la glace qu'Alice soutenait. Il était déjà prêt à partir, habillé de son complet-veston gris à l'allure profilée et aux revers crantés étroits à bordures en satin, lui conférant ses airs distingués habituels.

— Ne me dis pas que monsieur serait un tantinet jaloux de quelques vieux saoulons ?

— Moi, jaloux ? Je ne penserais pas…

Une ombre sillonna les méandres de ses traits faciaux, ce qui me fit douter de la validité de sa réponse. Mathilde et Alice en profitèrent pour s'éclipser en douce de la chambre de Milan, nous abandonnant ainsi juste tous les deux.

— Et aussi un petit peu orgueilleux, à ce que je vois. Mais ça me touche que tu puisses réagir comme ça. C'est signe que tu tiens peut-être un petit peu à moi.

— Juste un petit peu ? Mais je t'aime comme un fou ! Je n'ai jamais rien senti de tel pour personne d'autre, dit-il avant de prendre une pause pour mieux continuer. Vous êtes spéciale, madame Amaryllis. Je pense que vous m'avez jeté un sort, et que c'est l'effet que vous faites aux hommes, d'où la peur de vous perdre dans les bras de tous les autres hommes que vous charmerez ce soir. Est-ce que c'est vraiment nécessaire qu'on y aille ?

J'ai d'autres plans en tête qui n'impliquent que vous et moi. Et tout ça sans vêtement.

Avant que je ne puisse répliquer de la réciprocité de mes sentiments et pour rendre claires ses intentions, il m'embrassa à bouche que veux-tu, me laissant respirer avec peine. Ses mains m'entouraient la tête et il accotait fermement son bassin contre mon ventre. J'avais soudainement moins envie de m'en aller.

— Est-ce que j'ai réussi à te convaincre de rester? demanda-t-il après s'être décollé de moi d'une courte distance, les lèvres tachées de quelques résidus rouges provenant des miennes.

— C'est vraiment bien essayé, parce que j'en meurs d'envie. On fera tout ce que tu as prévu pour nous, mais après y être allé. C'est notre chance de récolter des preuves contre Lewis et son administration. Si on attend trop, il est possible que l'occasion ne se représente pas avant les élections. Penses-y deux secondes. On ne peut pas passer à côté d'une opportunité pareille! Et vraiment, tu n'as pas à t'inquiéter. Tout ce que tu viens de me dire, c'est plus que réciproque. Ces hommes auraient beau s'essayer, ce n'est que toi que je veux.

— Je sais. Et je te crois. On fera tout ce qui te plaira. Je suis d'accord avec toi pour qu'on y aille et qu'on trouve un moyen de le coincer. Il y en a sûrement un qui va s'échapper et parler plus qu'il ne le désire.

Il se pencha pour me donner un baiser, qui fut cette fois-ci empreint d'une exquise tendresse. Nos lèvres se frôlaient et s'unissaient dans une douce lenteur réconfortante et moite.

— On y va ? murmura-t-il en ne cessant pas ses embrassades.

À mon corps défendant, je me séparai de lui. Et même si je me faisais un devoir d'aller à cette soirée, mon cœur n'y était pas. Je n'avais jamais eu ce rêve de porter la plus belle robe, ni d'être couverte de paillettes, ni de faire du charme à des hommes inconnus pour leur extorquer des informations. Tout cela était à des lieux de qui j'étais, mais je n'avais aucun autre choix.

— Oh, j'allais presque oublier.

Milan plongea sa main dans son veston et en retira une liasse de gemmes rubicondes reliées entre elles par une chaîne mordorée. Il vint se placer derrière moi et me para du collier qui alla se choir à la naissance de mon corsage.

— Il appartenait à ma mère. Mon père le lui avait offert en cadeau pour l'un de leurs anniversaires de mariage. Elle adorait les bijoux. Elle est morte peu de temps après l'avoir reçu, quand il y a eu l'explosion d'une bombe à l'endroit où elle travaillait. J'ai pensé que… que ça te ferait plaisir pour accompagner ta robe.

— C'est si gentil de ta part, m'exclamai-je, ravie et émue de recevoir ce présent d'une valeur inestimable et sentimentale à ses yeux. Je… Je ne sais pas trop quoi te dire. Il est tellement beau. Et délicat. Juste ce qu'il faut. Je ne suis pas très portée sur les bijoux habituellement, mais celui-ci est splendide. Tout compte fait, on ne va pas regarder ma poitrine que pour mes seins !

— C'est vrai. Et en plus, il te va comme un gant. Je suis content qu'il te plaise.

Je jetai un dernier coup d'œil au miroitement devant moi. Satisfaite de l'image qu'il me renvoyait, mais réprimant une nervosité, j'entraînai Milan à l'extérieur. Il était temps de se lancer dans la gueule du loup.

Nous mîmes environ dix minutes pour nous rendre au bar, où un portier au teint basané et à la carrure imposante était posté à l'entrée. Il nous laissa passer sans broncher. Ses bras aux veines gonflées à bloc refermèrent le cordage après notre passage.

Nos pas concordaient avec le tempo d'une musique électronique aux tonalités basses et qui faisait palpiter nos tympans et les murs de la taverne. La foule que nous croisions était surtout composée d'hommes d'âge mûr, et plusieurs d'entre eux semblaient passablement éméchés avec leur démarche titubante et leurs yeux vitreux. Certains entraînaient des midinettes à peine sorties de l'adolescence par la taille vers des coins plus sombres.

— Mais qu'est-ce qui peut les pousser à s'intéresser à des hommes deux fois plus vieux qu'elles? demandai-je au creux de l'oreille de Milan pendant que nous nous dirigions plus loin en avant.

— Peut-être que ce sont les mêmes raisons qui t'ont poussée à venir dans mes bras le soir de ta danse.

— Ce n'est pas pareil! Il s'agit d'une tout autre histoire! Je suis tombée amoureuse de toi. Il n'y a pas de comparaison qui tienne.

— Tu en es bien certaine, Anna? Oui, tu m'aimes maintenant, parce qu'on a appris à se connaître en se côtoyant suffisamment longtemps, mais au départ, pourquoi tu as accepté de venir danser ici, si ce n'est que pour avoir une meilleure vie en fin de compte? Je n'étais qu'un type parmi tant d'autres dans ce bar. Ne sois pas trop rapide à juger ces filles qui ont le même espoir que toi et qui cherchent probablement à améliorer leur sort, même s'il s'agit de vendre leur corps et leur âme à quelqu'un qu'elles repousseraient si les circonstances étaient différentes.

Ce qui me dégoûtait le plus dans ce qu'il venait de dire, c'était qu'il avait raison. Nous avions beau vivre sur une nouvelle planète, le genre humain n'avait pas changé d'un iota.

Milan avançait à l'aveuglette en raison de l'obscurité ambiante, mais il savait où trouver les sénateurs. Avant de quitter son loft, il m'avait notifié qu'ils se déplaçaient toujours en troupeau, accompagnés de leurs gardes du corps.

Ils étaient bien au fond de la boîte de nuit dans une loge à l'abri des regards indiscrets. De façon prévisible, Lewis n'était pas là et sa femme Candice non plus. L'autre qui manquait à l'appel était Ambrose. Quant à Albert, Boris, Ruby et Yazu, ils trinquaient une chopine de bière rousse en discutant entre eux.

Milan conversa avec eux durant deux minutes, puis me fit un signe de la tête pour m'indiquer que j'avais le champ libre pour me joindre à la bande. J'ignorais quel argument il avait pu avancer pour qu'ils acceptent que leur compétitrice, une citoyenne de basse classe de surcroît, se joigne à eux, mais ça avait fonctionné.

— Ainsi, c'est donc toi la nouvelle fréquentation de Milan. Tu es très jolie, jaugea Ruby avec un demi-sourire.

Je ne te ferais pas mal. Dommage que tu sois notre rivale. Viens donc t'asseoir avec nous, qu'on discute un peu. On ne va pas te manger, juré craché, promis.

Ruby mouva sa chaire corpulente pour me laisser prendre place à côté d'elle sur la banquette bleu royal. Elle ne portait pas de robe, mais une combinaison beige satiné et sanglée à la taille. Elle était maquillée de manière très sobre, excepté pour le rouge à lèvres chatoyant qu'elle arborait et qui contrastait avec le reste de sa tenue.

— Milan nous a dit que tu étais une ingénieure plutôt douée et que tu étais sur le point de résoudre son problème d'androïde. C'est minuit moins une, j'espère que tu en es consciente. On va en avoir besoin dans peu de temps. Quand penses-tu qu'ils seront prêts? questionna-t-elle.

— Aussitôt que possible, je l'espère. Cette semaine sans doute. J'y suis presque.

— Bien. Et pourquoi veux-tu te lancer en politique? Quelle expérience as-tu dans ce domaine?

— Aucune, mais il faut bien commencer quelque part. On doit saisir notre chance, pas vrai? Ce n'est pas parce que je n'ai pas d'expérience que je n'ai pas une tête sur les épaules et des idées. Je pense savoir ce qui est bon pour le bunker.

— Diriger, ma jolie, ça prend bien plus que de beaux traits et une tête pleine de bonnes intentions. Ça prend du doigté, du charisme, du vécu. Tu penses que les électeurs vont te donner une confiance aveugle alors que tu es une novice dans la vie et dans notre communauté?

Tu te fourres un doigt bien profond dans l'œil en croyant qu'ils voteront pour toi. Lewis leur donne tout ce dont ils ont besoin : un toit, de la nourriture et un travail. Qu'est-ce que tu pourrais leur apporter de plus que ce qu'ils ont déjà? Il a l'expérience et il a leur confiance. Il fait ça depuis tant d'années qu'il connaît chacun des petits rouages de cette société, et son père était là avant lui. Il a tout le bunker dans sa petite poche arrière.

Elle s'approcha et effleura de sa main bouffie ma cuisse dénudée.

— Si j'étais toi, j'abandonnerais le projet. Tu n'es pas de taille. Retourne à ta vie tranquille, ça vaut mieux pour tout le monde, mais surtout pour toi. Ne perds pas ton temps en politique.

Pour signifier que la conversation était close, elle s'en alla sans regarder en arrière, laissant sa pinte de bière vidée jusqu'à la moelle. Albert, Boris et Yazu la suivirent sans même m'avoir adressé la parole.

— Ouais bien je pense que notre chien est mort, me glissa à l'oreille Milan qui avait pris la place laissée vacante par Ruby. Je suis désolé que ça n'ait rien donné de concret. Tu veux quand même rester un peu pour profiter de la soirée?

— Non, j'ai eu ma dose de musique qui défonce les tympans pour un siècle au moins. Puis ces escarpins me font un mal terrible. J'ai juste le goût de les lancer à l'autre bout de la pièce, le plus loin possible. Je suis certaine qu'ils m'ont fait choper quelques ampoules. Et je croyais que tu avais d'autres plans pour nous deux ce soir. À moins bien sûr que tu n'aies changé d'idée?

Auquel cas je pourrais très bien comprendre, tu sais, si j'étais aussi vieux que toi… J'aurais besoin de beaucoup de sommeil pour récupérer! Pas facile d'être un vieux croûton de presque trente ans!

Ses yeux s'illuminèrent de malice. Il se leva et arqua son coude pour que je puisse y glisser mon bras à l'intérieur.

— Laissez-moi vous prouver que vous avez tort sur toute la ligne, madame. Je peux vous garantir que le jeune vieux en a dedans!

En rebroussant chemin pour retourner chez Milan, il nous fallut passer devant d'autres boudoirs privés. Dans l'un d'eux, je crus reconnaître la brunette qui s'y trouvait : Cordélia. Sa robe fourreau noire était relevée jusqu'à sa taille et un homme gras était affalé sur elle à la tripoter. Il agitait son bassin, alors que Cordélia avait la tête renversée vers l'arrière. Ses paupières étaient révulsées et un filet de bave coulait le long de son menton. C'était d'une évidence qu'elle avait été droguée et que cet homme la violait sans vergogne. Elle entrouvrit les yeux et me jeta un regard vide, à peine consciente de ce qu'elle subissait. Je me détachai de Milan et fonçai droit sur eux pour tenter de le repousser. Je pris la main de Cordélia et tentai de la relever, mais son corps désarticulé et mou était aussi lourd qu'une poche de patates. Soudain prise d'un mince élan de lucidité, elle se mit à se débattre de toutes ses forces et m'asséna un crochet du droit en plein ventre.

— Qu'est-ce… que tu… fais! Lâche… Lâche-moi! hurla-t-elle en s'agitant de plus belle.

— Cordélia… Voyons, tu te fais agresser. Viens-t'en.

— Je fais ce que je veux, laisse-moi! Je ne bougerai pas d'ici.

Son mascara lui barbouillait le contour des yeux, ce qui lui donnait des airs de raton laveur. Elle se laissa retomber sur le banc et attira à elle l'homme que j'avais bousculé. Pour me manifester qu'elle ne s'en irait pas, elle goba d'un trait le phallus du ventru. Milan me prit par la taille.

— Laisse-la faire Anna. Elle a fait son choix. On s'en va.

CHAPITRE 14

Avec sa stature chétive, Sun avait de la difficulté à ne pas crouler sous la banderole qu'elle tentait d'accrocher sur l'un des murs du quartier central. Elle avait tenu mordicus à m'aider dans ma campagne en installant des bannières et des pancartes.

— Plus à gauche... Encore un peu plus... Oui, c'est ça, parfait! lui indiquai-je en prenant mon rôle de directrice des opérations très au sérieux.

Elle descendit de l'escabeau et vint se poster à ma gauche où elle me prit des mains un bout de gomme autocollante.

— Tu crois qu'on en a mis assez et que ce sera suffisant pour que tu puisses gagner?

— Tu veux la réponse honnête? Je ne crois pas que mettre des pancartes changera grand-chose, mais ça vaut le coup d'essayer.

— Dans mon coin de pays, à Shenzhen, entama Sun, des pancartes accrochées comme ça dans les rues seraient passées inaperçues dans le flot de gens et les stimulations de toutes sortes. Mon mari comparait souvent notre ville à une ruche d'abeilles. Il disait que nous étions des ouvrières qui besognaient pour des intérêts supérieurs. Nous n'avions jamais de temps de repos. C'était toujours le métro et le boulot. Alors la politique ? Comment pouvions-nous nous y intéresser si tout le monde revenait trop fatigué à la fin de la journée ? Je pense que tu as une chance moi. Tu as de bonnes idées et tu gagnes à être connue pour tes idées.

— Et ton mari, que lui est-il arrivé ?

Ses yeux s'embuèrent de souvenirs nostalgiques.

— Il est mort dans l'effondrement de son usine de fabrication de puces électroniques où il était machiniste. Je venais tout juste d'apprendre que j'étais enceinte de Jia. Les constructeurs ont construit le bâtiment à la va-vite, parce qu'ils croyaient qu'ils sauveraient temps et argent, alors que dans le fond, ils ont tout perdu : la bâtisse, la marchandise et leur main d'œuvre. Ils ne s'en sont pas sortis avec des économies, mais plutôt avec une faillite sur les bras.

— Je suis désolée pour ton mari, Sun.

— Merci, Anna, mais celle qui est le plus à plaindre c'est Jia. Elle n'aura jamais connu son père. J'aurais aimé qu'il la voie grandir et devenir une femme, car c'est une petite fille adorable. Elle me fait beaucoup penser à lui.

J'allais lui répondre quand une Alice enthousiasmée retontit dans mon champ de vision.

— Madame, madame ! La carte maîtresse que vous avez réparée et mise dans les robots, je crois qu'elle fonctionne ! Venez voir, vite !

— Ça ne te dérange pas si je te laisse terminer d'installer toute seule les affiches ? interrogeai-je Sun.

Avec son assentiment, je suivis Alice vers les entrepôts de *Quesnel Corporation*. Mon père et quelques autres travailleurs mettaient à niveau les cartes maîtresses des CK8057 selon les instructions que j'avais laissées ce matin. Lorsque le paternel me vit, un sourire s'imprima sur sa figure.

— Tu as réussi ma fille.

Ses collègues et lui activèrent leurs interrupteurs. De concert, les androïdes déchargèrent leur artillerie, faisant pirouetter dans les airs une horde de munitions qui achoppèrent avec pesanteur sur le bitume.

Des applaudissements fusèrent derrière moi. Je me tournai et aperçus un homme à l'apparence austère que je n'avais jamais vu auparavant. Il était accompagné de deux grands gaillards.

— Vous devez être fier de votre progéniture, monsieur Amaryllis. Quant à vous, jeune femme, vous avez un talent certain, c'est indéniable. Bon travail, oui, bon travail. Mais j'ai bien peur que tous ces efforts aient été faits en vain et que vos services ne soient désormais plus requis.

Voyant mon air sceptique de fille qui ne saisissait pas ce dont il voulait parler, il poursuivit sur sa lancée :

— Le conseil d'administration a décidé d'abandonner le projet des CK8057 et de retirer le financement octroyé à *Quesnel Corporation*. L'entreprise est désormais sous l'autorité du sénat et toutes les opérations sont suspendues jusqu'à ce qu'on trouve une nouvelle vocation à la compagnie. Tout ceci prend effet immédiatement. Vous avez le temps d'apporter vos effets personnels, si vous en avez bien sûr. Les robots seront cadenassés et entreposés. Quant à vous, mademoiselle Amaryllis, vous êtes conviée à un souper spécial ce soir, donné à la résidence du sénateur Lewis. Et ce n'est pas une invitation. En tant que candidate autorisée à l'investiture, il désire rencontrer son opposante. Vous pouvez venir accompagnée de votre conjoint, monsieur Quesnel. Le sénateur Lewis s'attend à ce que vous soyez là pour 18 h 30 et il demande que vous ayez une tenue de circonstance pour un souper de dignitaires.

— Et Milan, qu'est-ce qui va lui arriver?

— Il est démis de ses fonctions de président. Il rejoindra la population générale, lorsque la paperasse sera complétée. Ça devrait vous rendre heureuse puisque le sénat a gentiment accepté de vous donner une chambre familiale, même si vous n'avez pas encore de descendance. Habituellement, les couples seuls n'y ont pas droit, mais puisque monsieur Quesnel a bien servi le bunker, nous sommes d'avis qu'il doit être récompensé pour ce qu'il a apporté à notre société. Si vous voulez bien m'excuser.

Sans autre formalité, il s'en alla.

— Avec des remerciements comme ça, je me demande bien ce qu'ils font quand une personne n'a rien accompli de particulier, soutint mon père.

* * *

—Non seulement il m'enlève mon travail, mais en plus, il veut m'humilier en m'invitant à un dîner. Comme si ce n'était pas assez pour lui de détruire l'héritage de mon père. Quel culot il a ce salopard pareil! cracha Milan furieusement.

—Je n'ai pas plus envie que toi d'y aller, mais il ne nous laisse pas le choix. On a juste à s'en tenir à notre plan. On reviendra ici bien assez tôt.

Nous étions en route vers le logis du sénateur Lewis et de sa famille. Le complet que portait Milan s'agençait à la perfection avec ma tunique mauve. Mes boucles d'oreilles en pierres polies et en forme de gouttes d'eau tombaient en cascade le long de mon cou. Mes cheveux étaient retenus dans un chignon haut et bombé.

Tous les recoins du quartier des nababs valaient leur pesant d'or, mais ce n'était rien comparé à la demeure de Lewis. Le hall était trois fois plus fastueux que celui de Milan. Le plancher de marbre, de diamants et d'or menait à un somptueux escalier, où deux valets vêtus de complets blancs ouvrirent toutes grandes les portes avec une courbette de bienvenue, ne manquant pas de nous tendre un apéritif teinté topaze au passage. L'entrée franchie, un autre valet prit la relève et nous conduisit vers la salle à manger, où les murs étaient recouverts d'un papier peint bistré de la plus haute qualité. Il nous mena vers une grande table ronde où il nous désigna nos places. Nous étions les premiers arrivés des cinq couverts dressés. Il y avait tellement d'ustensiles en or devant nous que je me demandais si mon estomac pourrait supporter d'engouffrer autant de nourriture.

Le loquet des portes françaises situées tout juste à côté du buffet tournoya dans un bruissement, et nous vîmes apparaître Lewis, Candice et Sarah. Ils étaient tous habillés très chics, tous sur leur trente-et-un. Lewis revêtait le complet-veston classique tandis que son épouse était parée d'une robe sobre en soie violacée. Des perles à ses lobes d'oreilles complétaient l'ensemble de sa tenue, et Sarah, quant à elle, était comme toujours tirée à quatre épingles, digne d'une mannequin de magazine. Ses cheveux étaient relevés dans une coiffure élaborée et sa robe aigue-marine soulignait ses courbes féminines.

Le chef cuisinier personnel de Lewis nous servit une entrée froide et un potage à base de laitue, de pommes de terre et de carottes. Je devais l'avouer : tout s'avérait goûteux et était le nec plus ultra de la gastronomie que j'avais mangée à ce jour.

Le plat principal consistait en une côtelette de viande baignée dans une sauce au poivre. Réprimant un tressaillement de dégoût, je repoussai délicatement mon assiette devant moi après m'être contentée du riz servi en accompagnement. J'avais espéré que cette manœuvre passerait inaperçue, puisque je ne voulais pas créer de vague inutile, mais Lewis semblait être à l'affût de tous mes petits faits et gestes.

— La viande n'est pas à votre goût, madame Amaryllis ? Je ne savais pas que vous aviez une tendance au végétarisme.

Son regard perçant s'était braqué sur moi sans ciller, et ses pupilles noires semblaient avoir pris de l'expansion, comme un chat traquant sa proie captive qui n'avait plus aucun espoir de fuite. Sans me quitter des yeux une seule seconde, il piqua sa fourchette bien comme il faut dans son gibier et engouffra son morceau dodu direct dans son gosier.

— J'ai demandé ce plat spécialement pour l'occasion. Le chef l'a apprêté avec amour et avec tout son savoir-faire. Goûtez-y, vous ne le regretterez pas. Ce n'est pas tous les jours qu'on reçoit de pareils invités d'honneur à sa table.

Je comprenais à son ton que je devais manger cette chair humaine et que je n'avais pas d'autre issue possible, qu'il me talonnerait jusqu'à ce que j'exécute ses ordres. Il savait. De quelle façon l'avait-il appris, je ne saurais dire, mais il l'avait deviné. Pour lui envoyer un pied de nez, j'engloutis d'une traite le morceau de viande. Après avoir échangé un regard convenu avec Milan, ce dernier renversa le contenu de sa coupe de vin sur moi. Feignant la surprise, j'émis un cri vif.

— Je suis un véritable sot! Désolé, mon amour! déclama-t-il en jouant la comédie de main de maître.

Dans la foulée, je m'étais levée en repoussant ma chaise au loin.

— Ce n'est pas grave. C'est juste une robe. Je vais aller me débarbouiller un peu. Où sont les toilettes?

Ce fut Candice qui me donna les indications pour me permettre d'aller me nettoyer. Tout d'abord, je devais emprunter deux longs escaliers en colimaçon pour monter au troisième étage de leur palace. Il y avait une allée qui menait directement à la salle de bain principale et qui était aussi somptueuse que toutes les autres pièces de sa demeure. Les lavabos en dorure étaient au nombre de six. Je me rinçai en vitesse devant l'un d'eux et tapotai ma tenue pour l'assécher.

Il me restait peu de temps pour mettre notre plan à exécution, mais je trouvai sans trop de difficulté la destination que je cherchais. Cette pièce sur laquelle j'avais jeté mon dévolu se trouvait à l'autre bout du corridor et il y faisait noir. Après avoir tâtonné sur quelques pieds, je trouvai le commutateur. Tout était bien rangé dans le bureau de Lewis. Chaque chose était à sa place au millimètre près, à l'image de l'homme contrôlant qu'il était dans toutes les sphères de sa vie. Je jetai un regard derrière moi pour certifier que personne ne m'avait suivie, et voyant que j'avais le champ libre, je sortis de mon soutien-gorge la clé numérique que Alice m'avait prêtée. J'allai m'installer derrière l'écran de l'ordinateur de Lewis. Celui-ci n'était pas verrouillé par un mot de passe.

Je dus fouiller dans plusieurs dossiers avant de trouver quelque chose qui en vaille la peine. Un fichier prénommé «Projet Darkemo» titilla ma curiosité. Il contenait plusieurs cartes topographiques et géographiques, ainsi qu'un document étoffant dans les moindres détails le projet. Plus je lisais ce ramassis d'inepties et moins j'avais le goût d'en poursuivre la lecture.

— Votre maman ne vous a jamais dit que c'était mal d'espionner les gens et de fouiner dans ce qui ne vous appartient pas. J'espère au moins que vous avez trouvé votre lecture passionnante.

Je ravalai ma salive de travers et sentis mon sang marteler mes tempes. Je retirai subrepticement la clé digitale de l'ordinateur pour aller la fourrer entre mon talon et le cuir rigide de mes ballerines, puis je me virai de bord pour me retrouver face à face avec Lewis. La pénombre cachait la moitié droite de son corps alors qu'il était accoté dans le cadrage de la porte. Son visage n'exprimait aucune émotion de stupeur ou d'agacement, comme s'il s'était attendu à me trouver dans son bureau.

— Vous pensiez que je serais surpris de vous trouver ici? Pas le moins du monde. Même que je vous dirais que j'attendais ce moment depuis le jour où je vous ai vu sur les caméras de sécurité de mon usine. Vous êtes brillante, miss Amaryllis. En dépit de nos différences, je vous aime bien. Vous avez du caractère et c'est une qualité que j'apprécie. C'est sans doute pour cette raison que je vous ai laissé faire vos petites manigances aussi longtemps. Comme vous l'avez sans doute remarqué, on a très peu de divertissement ici-bas et je suppose que je m'ennuyais. Tout le monde m'obéit au doigt et à l'œil et vous êtes la seule à m'opposer une vraie résistance. Je vous avoue que je me suis beaucoup amusé à suivre vos péripéties de loin. Mais à la lumière de ce que vous avez lu, j'imagine qu'il y a plusieurs interrogations qui vous trottent dans la tête maintenant, est-ce que je me trompe?

— Non, lui concédai-je. Ce *Projet Darkemo*... Qu'est-ce qu'il implique réellement? Pourquoi vouloir attaquer les Zyronois? Celui que j'ai vu étendu sur cette table n'avait pas l'air d'être très méchant. Pourquoi utiliser leurs propres pouvoirs pour les détruire alors que je viens d'arriver à faire fonctionner les androïdes CK8057? Ça ne vous suffit pas d'être cruel et sans pitié envers votre peuple qu'il faut que vous soyez chiant avec l'univers entier?

Il éclata d'un rire sonore bien senti, son cou s'étirant en flexion vers l'arrière.

— Mais c'est que vous avez une très mauvaise opinion de ma personne, mademoiselle Amaryllis! Si je fais tout cela, c'est que je n'ai pas d'autres options. Vous croyez que se manger entre concitoyens est une avenue qui me plaît? Bientôt, nous serons à court de ressources. Le bunker tombe en ruines. Les coupures d'électricité sont de plus en plus fréquentes et les jardins ne produisent plus assez de fruits et légumes pour nourrir toute la population. À force de manger tout le monde, il ne restera bientôt plus une âme qui vive dans les environs. On est condamné à dépérir et à crever de faim si on ne passe pas à l'action. Les Zyronois sont des bêtes barbares qui se plaisent à nous garder captifs ici. Ce n'est pas moi votre ennemi, mademoiselle Amaryllis, ce sont ces ignobles brutes. Cette cicatrice qu'ils m'ont laissée ne vous suffit pas à me croire? Tout ce qu'ils veulent, c'est nous exterminer jusqu'au dernier enfant. C'est aussi simple que ça. Ils n'auront aucune pitié pour nos vies. Tout ce qu'ils veulent, c'est leurs pierres précieuses. Devrons-nous rester les bras croisés et nous laisser faire comme des abrutis? Nous savons qu'ils ont monté une armée pour venir reprendre notre territoire, alors tout ce qu'il nous reste à faire c'est de riposter. Et bien que je vous remercie d'avoir remis en selle les robots, cette force seule ne sera pas suffisante. Nous nous devons de les combattre avec des moyens qui pourront rivaliser avec les leurs. Mes scientifiques ont découvert que leur liquide céphalo-rachidien a des propriétés uniques et puissantes, alors nous l'avons extrait pour fabriquer une potion qui décuplera nos facultés. Nous allons être comme eux, comme leur égal. Mon but est que toutes les personnes du bunker soient inoculées par cette substance. On les exterminera avant qu'ils ne le fassent en premier.

— Et j'imagine que ça ne vous ait jamais traversé l'esprit de demander aux gens qui vivent ici s'ils approuvaient votre... projet?

— À quoi bon? Je suis certain qu'ils comprendraient, et que s'ils étaient dans ma position, ils opteraient pour les mêmes mesures que moi afin de les protéger. Il faut bien faire quelques sacrifices pour la survie de l'humanité. Et grâce à vous, il y aura des élections sous peu, non? Ils voteront selon leur conscience pour la personne qui les représentera le mieux.

— Des élections que vous savez déjà que vous remporterez, ce n'est pas leur donner de choix. La vérité, vous voulez que je vous la dise? C'est que vous êtes fou à lier. Et je vous ai assez entendu.

Je m'apprêtais à partir lorsqu'il me barra la route avec son bras.

— Vous voulez déjà partir? Je crains que ça ne puisse pas être une option possible.

Derrière son dos, une quinzaine d'hommes casqués étaient apparus. L'un de ses fantassins se détacha du groupe, un grand blond qui ressemblait comme deux gouttes d'eau à mon frère.

— Que fais-tu Noah? Pourquoi tardes-tu avec lui? Cet homme ne veut pas ton bien. Viens, on s'en va.

Il n'était déjà plus lui-même. Ses yeux évidés étaient couverts d'une épaisse substance noirâtre et son cerveau semblait avoir été réduit à l'état de bouillie. Il me regardait les poings crispés et prêts à passer à l'attaque comme si j'étais une chienne échappée de l'enclos.

— Ils sont parfaits mes soldats, vous ne trouvez pas, miss Amaryllis? demanda Lewis en prenant un ton victorieux.

Prise en souricière, je n'avais aucun moyen de m'échapper. Je ne pouvais m'enfuir ni par en arrière ni par en avant. Alors que je fixais Lewis qui riait avec grands éclats, je me retrouvai face contre terre, le corps happé de convulsions causées par le pistolet électrique que tenait Noah. Ma conscience s'évada hors du temps et de l'espace, voilant mon regard d'un rideau noir.

CHAPITRE 15

Une odeur de rance flottait dans l'air ambiant du clair-obscur de cette chambre que je ne reconnaissais pas. Je n'étais ni dans le bunker ni de retour chez moi dans ma maison. Mes yeux étaient embrumés, comme si un voile voguait devant eux, mais j'arrivais à distinguer les lattes de bois recouvrant les murs. Je pouvais voir un filet de lumière filtrer au travers des planches, et j'étais allongée dans un lit, un mince drap me recouvrant jusqu'aux épaules. L'air était accablant et rendait ma peau salée luisante et parsemée de gouttes de sueur.

Au moment où je voulus me relever, j'en fus incapable. Mes membres refusaient d'obtempérer, comme si j'étais devenue soudainement paralysée. La seule chose que j'arrivais à bouger était ma tête. Des fourmillements galopaient le long de ma colonne vertébrale et sur mes jambes. Des lombrics se mirent à escalader mes flancs, déclenchant en moi une crise d'hystérie à en réveiller les morts. Les vers grimpaient de plus en plus nombreux. Je fus rapidement ensevelie sous une masse gluante et gesticulante. Plusieurs ascarides se faufilèrent dans mes narines et ma bouche, m'asphyxiant. Je perdis conscience, mais fus vite ramenée à la conscience avec un mal de crâne lancinant.

Je me trouvais maintenant dans une cuisine qui semblait jouxtée à la chambre dans laquelle j'étais il y a quelques secondes à peine. Les volets des fenêtres étaient ouverts, laissant profiler à l'intérieur les chauds rayonnements du soleil. Attirée comme un aimant, j'allai humer l'air ravivant dehors. La clarté irradiait à un tel point que je ne voyais qu'elle, m'empêchant de voir de quoi étaient composées la faune et la flore entourant la maisonnette. Cela m'importait peu, car mon odorat pouvait enfin renifler autre chose que l'odeur fade du mortier.

Le bruit d'une louche de métal fracassant le sol résonna derrière moi. Elle se tenait là, radieuse dans sa robe fleurie jaune et avec sa chevelure or. Son faciès n'était plus noué par la maladie.

— Tu m'as tellement manqué, maman. Où sommes-nous ?

Elle sourit, mais ne répondit rien, se contentant de se pencher pour ramasser l'instrument de cuisine qui était tombé par terre. Avant de retourner à ses chaudrons, elle me pointa de l'index la table faite en bois verni rose placée au milieu de la pièce. J'allai m'y attabler et le banc craqua sous l'effet de mon poids. Des gerbes de lys blanc décoraient joliment un vase en terre cuite posé au centre de la table. Le parfum qui s'en dégageait était exquis. Un fracassement de poêle en fonte me tira de ma rêverie.

Après m'être tournée en direction du bruit, je remarquai que ma mère avait changé du tout au tout. Son teint avait pris une texture terreuse et du sang coulait de tous ses orifices. Elle avança de quelques pas en implorant mon aide, les bras suspendus devant elle, et s'effondra à mes pieds, inerte. Comme dans un cauchemar à fil décousu, Lewis apparut de nulle part devant le four. Il riait à gorge déployée et supportait dans sa main gauche une boîte à musique acajou, celle-là même qui avait bercé mon enfance. Cette scène s'évanouit et je fus transportée dans un désert sablonneux. Il y faisait nuit et un homme à la barbe blanche touffue m'observait non loin, emmitouflé dans un grand drap marron clair qui le couvrait du cuir chevelu jusqu'au bout des orteils. Ses lèvres bougeaient, mais je n'arrivais pas à saisir la teneur de ses paroles. Il avait l'air de vouloir me transmettre un message, mais avant qu'il puisse m'atteindre pour me le dire, le souffle d'une tempête beige m'enveloppa pour me faire revenir à la réalité. J'étais sise sur une chaise frigorifiée en acier et je portais toujours la même robe que j'avais mise pour le souper chez Lewis. Mes cheveux étaient en bataille et quelques mèches recouvraient mes épaules dénudées. Où étais-je et depuis combien de temps ? Il y avait devant moi des barreaux de prison en verre disposés verticalement.

— J'ai toujours pensé qu'une prison était un endroit propice à la réflexion, me signifia Lewis qui se tenait debout à ma droite, lui-même en proie à des pensées profondes. Miss Amaryllis, peut-être pourriez-vous me dire tout de suite qui est au courant de ma petite affaire, à part bien sûr monsieur Quesnel, votre tendre moitié? Nous sauverions un temps précieux et ça vous éviterait quelques souffrances supplémentaires.

— En supposant que je vous le dise, j'imagine que nous tuer sera dans vos plans de toute façon à la fin de tout, n'est-ce pas? Vous ne voudriez sûrement pas que vos précieux projets soient révélés. Alors, disons que je préférerais passer mon tour. Pas question que je mette en danger quelqu'un de mon entourage.

— C'est comme vous le voulez, mais vous ne pourrez pas dire par après que je ne vous ai pas offert une chance de rédemption à vous et à vos proches.

Voyant que je ne cédais toujours pas, il rajouta :

— Bien. Alors, commençons avec votre père, ça vous déliera peut-être la langue.

Le cri de mon paternel cogna mes tympans avant que je le visse escorté devant moi par deux gardiens. L'un d'eux n'était nul autre que mon frère. Mon père se débattit pour se défaire de leur emprise, mais il fut brutalement jeté dans la cellule qui faisait face à la mienne.

— Noah, mon garçon, que fais-tu? C'est moi, ton père. Pourquoi m'as-tu emmené ici?

— Il ne te reconnaît pas, papa, c'est inutile. Ils lui ont bousillé le cerveau. Il n'est plus lui-même.

Il me regarda, désemparé. Noah et l'autre homme de main le ligotèrent au siège derrière lui, tandis que Lewis me laissa en plan pour entrer dans le caveau où se trouvait mon père. Sans dire un mot, Lewis lui flanqua un coup de poing sur le maxillaire, qui fut suivi par un autre sur l'œil droit. Je laissai échapper un cri lorsque Lewis prit violemment mon père par les cheveux et lui tira la tête vers l'arrière.

— Faites de beaux rêves, monsieur Amaryllis.

Lewis écarta les paupières de mon géniteur et y versa des gouttes diaphanes, le faisant sombrer dans un sommeil comateux. Il quitta la cellule, suivi par ses chiens de poche, non sans s'arrêter à ma hauteur.

— Je vous l'avais dit que les Zyronois nous seraient utiles. C'est fou ce qu'on peut faire avec seulement quelques composantes de leur petite cervelle. Avec ce que je viens de donner à votre père, ce ne sera pas long pour qu'il me dise tout. Et vous aussi. Votre esprit finira par craquer, que vous le vouliez ou non. Ce n'est qu'une question de temps.

Il s'éloigna avec ses sentinelles. J'allai enfouir mon visage entre les barres qui me retenaient prisonnière et tentai de les écarter un tant soit peu. Mais c'était peine perdue ; elles étaient solides comme le roc.

— J'ai essayé moi aussi, mais il n'y a pas d'issue. On est vraiment dans la merde jusqu'au cou.

La voix de Milan semblait provenir du box jouxtant le mien. J'allai m'accoler contre le mur de gauche, tendant l'oreille.

— Milan ! Seigneur… Es-tu blessé ?

— Moi je ne vais pas si mal. Alice, par contre… Elle est ici avec moi, mais ne répond pas. C'est comme si elle était éteinte. Ils ont dû lui retirer des pièces, j'imagine. Il faudrait que tu l'examines, c'est toi l'experte dans ce genre de situation.

* * *

Les jours qui suivirent furent routiniers. Encore retenus prisonniers, notre quotidien se résumait à recevoir une série de mauvais traitements prodigués par nos geôliers. Tout était mis en œuvre pour réussir à nous tirer les vers du nez. De la nourriture en purée ou déshydratée nous était servie une fois par jour, ce qui n'était pas assez pour nous sustenter, mais suffisant pour nous garder en vie après les tortures que nous subissions. Malgré tous nos efforts pour garder nos bouches cousues, Olivier fut jeté dans une geôle, dénoncé sûrement par nulle autre que lui-même. Fidèle à ses habitudes, il engueula les factionnaires comme du poisson pourri.

— Bande de crétins de mes deux! Allez tous vous faire foutre! Vous méritez tous de pourrir en enfer! Attendez que je ressorte d'ici et que je batte vos beaux petits culs de merde! Vous allez regretter de m'avoir fait ça! Vous ne perdez rien pour attendre!

Ses menaces demeurant sans réponse, il alla s'asseoir sur le ciment en maugréant dans sa barbe.

— Tu leur as dit pour les autres? lui demanda Milan à brûle-pourpoint.

— Non, bien sûr que non, voyons. Tu penses que je suis stupide peut-être?

— Pas stupide, mais impulsif, ça oui.

— Tout ce que j'ai fait, ça a été d'assommer celui qui ne voulait pas me dire où vous étiez. Leur réaction de m'enfermer ici a été plutôt exagérée. Je trouve qu'ils ont sauté trop vite aux conclusions quand ils ont pensé qu'on était relié et que je devais forcément savoir tout de leur petit plan machiavélique…

Olivier se fit couper le sifflet quand une pétarade crépita, emboucanant tout sur son passage. La soufflée qui se propagea me piqua les yeux, me forçant à me les couvrir. La fumée provoqua un accès de toux creuse me déchirant les poumons. Une main m'empoigna le bras et me tira vers l'avant, manquant de peu de me faire trébucher. J'étais entraînée à travers la poussière et le chaos, et les voix autour me parvenaient en sourdine.

Après quelques mètres de course folle, la fumée se dissipa. Milan, Olivier, papa et moi étions en fuite derrière deux individus vêtus d'une soutane grise. Ces dernières leur recouvrant entièrement la tête, il nous était impossible de savoir qui étaient nos libérateurs.

Nous zigzaguions dans une partie du bunker que je n'avais jamais vue. Le plafond était si bas que nous devions nous pencher pour ne pas nous cogner la tête sur la tuyauterie qui était au-dessus. Une porte se profila à l'horizon, que nous empruntâmes l'un après l'autre.

De l'autre côté, mes yeux s'embrasèrent. Le soleil, le vrai, était au zénith, surplombant nos têtes et nous faisant griller la couenne. L'air était très chaud, ce qui détonnait de l'air recyclé et climatisé circulant dans le bunker. Hors d'haleine, je m'arrêtai, et plusieurs secondes furent nécessaires avant que ma vue puisse s'acclimater à l'excès de lumière. Il y avait tout autour de nous un vaste désert poudreux qui nous ceignait sur des kilomètres à la ronde. Les deux hommes qui nous avaient affranchis s'approchèrent de moi. Leurs visages étaient toujours dissimulés sous leur amas de voilement. Le plus grand me prit le poignet fermement et s'accroupit au sol, ce qui me fit basculer. Mes genoux cognèrent la dune, écrasant plusieurs grains de sable au passage. Le type sortit de sa poche une pastille incandescente qu'il m'étampa au creux de la paume, provoquant une brûlure au deuxième degré. Mon derme devint rosâtre, humide et mou. Des cloques apparurent et du liquide sérosanguinolent se mit à suinter de la blessure. Affectée par la douleur lancinante et la surprise que m'avait causées son geste gratuit, je portai ma main éclopée à mon poitrail pour tenter de faire diminuer l'élancement qui parcourait tous les nerfs de mon bras. Pendant que j'évaluais les dommages de son agression, il prit mon autre main et répéta le même manège.

— Non, mais ça ne va pas dans votre tête! criai-je. Vous me libérez et vous m'attaquez ensuite. Faites-vous soigner, espèce de fou! Et... Et qui êtes-vous, bordel de merde? Montrez-vous!

J'étais survoltée. Il était hors de question que je sois libérée d'un oppresseur pour me retrouver dans les griffes d'un autre.

Accédant à ma demande, le quidam abaissa son capuchon. Je reconnus l'homme que j'avais aperçu lors de mes rêves induits par les drogues de Lewis. La même blancheur de la barbiche, les mêmes sourcils triangulaires et albuginés, les mêmes yeux d'une profondeur insondable, les mêmes traits.

— Je vous ai déjà vu avant. Pendant que j'étais torturée, entre ce monde et l'autre. Pourtant, je ne vous connais pas. Qui êtes-vous au juste?

Toujours agenouillé devant moi, il rangea son brûleur en se raclant la gorge.

— Je m'appelle Arthur. Mon fils John et moi habitions le bunker avant que nous nous enfuyions, et c'était tout juste avant que Lewis développe son passe-temps pour la torture, les exécutions et le cannibalisme. Je travaillais pour lui, pour le département de la défense. Je faisais partie de l'équipe qui a développé ce système de rêves programmés, mais son utilisation au départ n'était pas censée faire de mal à quiconque, ni aux gens du bunker, ni au Zyronois. Il y a eu un schisme entre nous et on est partis. Si tu m'as vu dans ta tête, c'est que j'ai voulu communiquer avec toi. Je voulais te prévenir que nous arrivions bientôt. Car il aurait fini par vous tuer.

— Ça, je l'avais bien deviné par moi-même. Je n'avais pas grand espoir qu'il accepte de nous laisser partir.

Je me relevai du sol et enlevai les quelques grains de sable qui étaient restés collés sur mes vêtements et ma peau.

— Pourquoi alors m'avoir attaquée après nous avoir libérés, si vos intentions étaient si nobles que ça?

— Le but n'était pas de te faire du mal intentionnellement. Essaie de te rappeler quand tu es arrivée dans le bunker. Ils ont pris tes empreintes digitales, ce qui veut dire que Lewis pouvait vous suivre à la trace, peu importe où vous étiez et peu importe où vous seriez allés. Le seul moyen de se débarrasser de cette trace était de la brûler.

— Mais à quoi ça sert maintenant de nous suivre à la trace? Lewis veut nous capturer à nouveau? Il se donnerait vraiment tout ce mal même si on n'est plus dans ses pattes?

— Oui, il le ferait probablement. C'est un homme rancunier. Si tu penses que lui ou ses hommes ne sortent jamais du bunker, tu te mets le doigt dans l'œil. Maintenant, sans cette trace, il croira que vous êtes morts et n'essaiera pas de vous chercher.

— Alors que faisons-nous à présent que nous sommes sortis de là? Où pouvons-nous aller?

— Où vous voudrez. Vous êtes libres désormais.

CHAPITRE 16

Milan, Olivier et papa s'étaient aussi fait cramer l'intérieur des mains par John et Arthur qui pansaient maintenant leurs plaies roussies et endolories. Après avoir terminé d'apposer son dernier bandage, Arthur me lança une gourde remplie d'eau que je bus goulûment, n'en laissant qu'un léger fond.

— À ce que je vois, on avait très soif, nota-t-il lorsque je lui remis sa bouteille. Il n'en reste plus beaucoup pour tes amis.

Milan vint s'asseoir à côté de moi en souriant et se mit à flatter ma cuisse. Je portais encore la robe que j'avais revêtue pour le souper de Lewis. Elle était sale et en très mauvais état, des déchirures s'étant formées à plusieurs endroits dans le tissu.

— Est-ce qu'il y a une source d'eau proche pour qu'on puisse se ravitailler? questionna Milan.

— Celle qui est la plus près est à cinq kilomètres environ. Donc à une bonne heure de marche d'ici.

— Avant de se mettre en route pour ça, est-ce qu'il y aurait moyen qu'on retourne dans le bunker pour libérer nos amis et les autres? demandai-je. Je n'ai pas la conscience tranquille de m'en aller tout bonnement comme ça sans essayer de les aider un peu. Ils ne sont plus en sécurité là-bas.

— Y retourner sans arme, sans plan, ça ressemble drôlement à du suicide, répondit John, le fils aux cheveux châtains de Arthur. Vous serez morts en moins de deux. N'oublie pas que Lewis t'en veut terriblement pour lui avoir tenu tête et t'être échappée. Et je vais dire comme toi, tes amis sont une proie facile pour lui. Il voudra sans doute s'en prendre à eux pour se venger. Mais je pense que je saurais qui pourrait vous aider. Les Zyronois ne portent pas plus Lewis dans leur cœur. Si c'est ce que vous voulez, on pourrait même vous guider, Arthur et moi. Les Zyronois sont les seuls qui auraient les armes nécessaires pour combattre Lewis. Sauf que je vous avertis, ils ne seront pas faciles à persuader. Ils sont pacifiques et n'aiment pas particulièrement la violence. Ils ne donnent pas leurs armes à n'importe qui.

— On peut s'essayer quand même, non? Ils sont loin?

— Ils ne sont vraiment pas tout à côté. Ils sont à l'autre bout de Zyron. Ça prendra quelques semaines avant d'y arriver, si on arrive en vie bien sûr.

— Pourquoi faire la précision de «en vie»? demanda Olivier qui suivait notre conversation en silence depuis un bout.

John et Arthur se jetèrent un regard de connivence.

— Parce que cette planète est, disons… hostile. Il y a certains endroits qui sont très peu praticables et qui sont à éviter de préférence. Malheureusement, il nous faudra emprunter cette route pour pouvoir nous rendre chez les Zyronois.

— Et vous acceptez de nous y conduire? interrogeai-je.

Ils prirent quelques minutes pour délibérer, se retirant à l'écart, puis revinrent nous trouver.

— On accepte de vous aider, mais selon nos conditions. Nous serons les guides. On connaît Zyron sur le bout de nos doigts. Il faudra nous obéir au doigt et à l'œil, même s'il s'agit d'une question de vie ou de mort ou que nos décisions vous paraissent insensées. C'est à prendre ou à laisser, c'est vous qui voyez.

— On accepte, répondis-je de but en blanc.

— Alors, ne perdons pas une minute de plus. La route va être longue, annonça Arthur.

Il ramassa son sac qui traînait sur le sable et s'en alla, nous forçant à le suivre sans tarder. Il y avait des dunes à perte de vue, comme si ce désert n'avait jamais de fin. Je traînais mes pieds comme des boulets, avançant difficilement sur ce terrain inégal. À plusieurs reprises, je trébuchai tête première, avalant une rasée de sable au passage. Mon gosier réclamait son dû. L'air trop chaud desséchait mon pharynx et ma salive n'arrivait plus à bien le lubrifier. Une rigole d'eau ondoyait non loin de nous, mais ce n'était qu'un habile mirage. Le soleil commençait à péricliter à l'horizon lorsque nous arrivâmes enfin au point de ravitaillement une heure après notre départ.

— On va établir notre campement ici. Vaut mieux ne pas voyager de nuit, avertit Arthur.

John expédia son sac à dos à terre et se dirigea vers le puits taillé de pierres. Il hissa un seau rempli d'eau qui pendait au bout d'une longue corde tressée brune et il immergea sa tête dans l'eau avant de la ressortir en s'ébrouant comme un chien mouillé. Il replongea le baquet dans la cavité et après l'avoir remonté, il enroula le câble autour de sa botte pour empêcher que le seau ne bascule dans le trou béant.

— Servez-vous, lança-t-il d'un air badin. Il y en a pour les fins et pour les fous.

Ce fut moi qui allai me désaltérer la première.

— Ça fait du bien n'est-ce pas?

John était un bel homme mince. Son air quelque peu débraillé et sauvage témoignait de son vécu d'homme nomade. Sous son manteau, qu'il retira, il était tout de beige vêtu. Il enroula ses manches sur elles-mêmes, dévoilant des avant-bras musclés.

— Oui. C'est fou ce qu'il peut faire chaud. Est-ce que c'est tout le temps comme ça?

— Bien sûr que non. Parfois, c'est pire! Là, on a de la chance, on est en hiver.

Innocemment, j'attendis qu'il éclate de rire pour signifier qu'il avait parlé de manière sarcastique, mais non, il resta un peu trop longtemps à mon goût on ne peut plus sérieux. Jusqu'à ce qu'une risette apparaisse à la commissure de ses lèvres.

— Une blague, j'en étais sûre, affirmai-je en riant à mon tour.

— Pas tant que ça! Les saisons ne ressemblent en rien à celles de la Terre ici. Elles durent beaucoup plus longtemps. Quand c'est le printemps, il fait plus chaud qu'aujourd'hui. Et quand c'est l'été, c'est totalement l'inverse. Il fait un froid de canard. Mais quand c'est l'automne par contre, il vaut mieux que tu ne traînes pas dehors. À moins bien sûr que tu veuilles devenir un sac de petits pois congelés.

— Et tu as réussi à survivre dans ce climat bipolaire? Ça ne t'a jamais intéressé de revenir dans le bunker?

— J'aimerais mieux mourir que revenir là! C'est vrai que le climat sur Zyron n'est pas le plus agréable qui soit, mais c'est peu cher payé pour être débarrassé de Lewis. On s'y fait vite à la liberté. Les grands espaces, l'air pur, le soleil, c'est ça la vraie mine d'or. Même toi tu ne voudras plus revenir dans le bunker.

— J'y reviendrai seulement pour aller chercher mes amis et après… Il faudra bien que je me trouve un endroit où vivre. Toi, où es-tu installé? Tu as sûrement une maison quelque part. Chez les Zyronois?

— Non. Ils nous ont bien hébergé papa et moi à quelques reprises pour nous dépanner pendant les saisons les plus coriaces, mais on a notre propre maisonnette de l'autre côté de la planète, à quelques milles de leur royaume. Je te ferai visiter si tu veux. On devrait passer par là.

— Anna, tu viens? interrompit Milan en toisant John de façon peu subtile. C'est Alice. Elle est revenue à elle.

Je délaissai John qui se tourna à contrecœur vers le puits, visiblement déçu de voir notre conversation être coupée court. Arthur, Olivier et mon paternel se démenaient pour monter un abri de bouts de toile en plastique et de longs piquets en bois qu'Arthur trimbalaient pour les longs voyages. L'espace à l'intérieur devrait être suffisamment grand pour que nous puissions tous y dormir sans nous empiler les uns par-dessus les autres.

Alice était là, debout, à les regarder faire. Son bras gauche était manquant et des fils de cuivre pendaient par son membre amputé. Sa coque métallisée était éraillée, usée jusqu'à la corde. Lorsqu'elle se retourna, son œil droit ballottait de tous bords tous côtés. Elle afficha un sourire biscornu en me voyant. Je m'approchai d'elle pour lui donner une embrassade.

— Je suis tellement désolée, Alice. Si j'avais su qu'ils te mettraient dans un tel état...

— Ne le soyez pas, madame. On était tous conscients de ce que ça importait. De toute façon, ça ne me fait pas du tout mal. Je ne suis que du toc, énonça-t-elle en se donnant un coup sur le poitrail, ce qui provoqua un tintement.

La fin du crépuscule avait sonné quand les hommes achevèrent de monter la tente. John disposa quelques bouts de bois par terre et alluma un feu qui s'embrasa d'emblée. Arthur sortit de son bagage une rangée de saucissons qu'il envoya griller dans les flammes.

Lorsque ce fut prêt, chacun se servit un morceau et alla s'installer autour du feu. L'obscurité nous nimbait et rendait perceptible les millions d'étoiles nichées dans le firmament, me rappelant le souvenir de mon arrivée au bunker. Je ne regardais plus ces trois lunes à travers le dôme de verre, mais avec mes propres yeux maintenant, sans artifice. Cette pensée fut suffisante pour m'émouvoir. Exténuée, je décidai qu'il valait mieux que j'aille m'étendre. J'entrai dans la tente et m'allongeai directement sur le sol, faute d'avoir un matelas et un sac de couchage sur lequel je pourrais passer la nuit. Même si c'était tout le contraire du confort, cela me faisait un bien fou d'être enfin allongée. J'avais les jambes en coton et mon dos élançait. Je venais de fermer les yeux lorsque j'entendis le plastique de la tente se froisser. Quelqu'un s'étala à mes côtés et m'enlaça par la taille.

— Tu dors? interrogea Milan, d'une voix satinée, proche de mon lobe d'oreille.

— Non, pas encore, mais ça ne devrait pas tarder. Je me sens comme si j'avais été jetée en bas d'un immeuble de dix étages. J'ai mal partout.

J'ouvris les yeux. Son visage n'était qu'à quelques centimètres du mien et il s'était accoudé. Avec son index, il se mit à dessiner des spirales sur mon ventre.

— Tu crois qu'on peut leur faire confiance, à ce John et son père?

— Peut-être que oui, ou peut-être que non, mais avons-nous vraiment un autre choix? On a besoin de gens pour nous guider, Milan, et on n'a personne d'autre sous la main.

— C'est sûr, souffla-t-il. Penses-tu que Lewis va les tuer? Tatiana, Bryan, May, Sun, Jia, ton frère?

— Oui, si ce n'est pas déjà fait.

Je me retournai vers la gauche et Milan accola son corps fermement contre le mien. Il déposa un baiser dans mon cou, et j'eus à peine fermé les yeux que je sombrai dans un sommeil abyssal.

* * *

L'écho de cris feutrés frappa mes tympans et me tira de mon endormissement. Mes yeux encollés me donnaient l'impression d'avoir peu dormi et mes muscles dorsaux endoloris me faisaient regretter le confort d'un lit bien douillet. Je me mis debout non sans mal et m'aperçus que tout le monde était sorti. Après avoir mis un peu d'ordre dans mon vêtement, dont l'odeur nauséabonde nécessitait un grand nettoyage, je sortis de notre tente. Mon père et Milan étaient dos à moi, les mains sur les hanches, et regardaient au loin.

— C'était quoi ces cris? demandai-je en les rejoignant.

— C'est Arthur et John. Ils cherchent Olivier, me répondit le paternel en ne quittant pas des yeux l'étendue de sable devant nous.

— Et pourquoi le chercher?

— Parce qu'il a disparu, dit Milan. Je l'ai entendu sortir cette nuit. Il était saoul et il disait qu'il devait aller pisser. Et là, on ne le trouve nulle part.

— Où est-ce qu'il aurait pu aller? On est en plein désert. Il n'y a pas vraiment d'endroits où se cacher ici. D'après moi, il doit être étendu saoul mort dans une dune. Et son alcool il l'avait trouvé où?

— C'est John qui nous en a offert hier soir, après que vous êtes allés vous coucher.

Parlant du loup, Arthur et lui revenaient de leur chasse à l'homme de Cro-Magnon. Il transportait avec lui une lance à la pointe acérée.

— J'en conclus qu'il a été avalé par le marchand de sable, avançai-je.

— Non, c'est pire. Il a été enlevé, répliqua John.

CHAPITRE 17

— Euh, par qui ? J'ai beau regarder tout autour de moi, et mis à part nous, il n'y a pas un chat dans les parages.

— C'est qu'ils sont partis depuis belle lurette. Il est entre les mains des Anorû, une tribu autochtone. Ils nous ont laissé un beau petit souvenir en cadeau.

John me tendit l'épieu. Il était fait en fer et était garni de plusieurs petits ornements concentriques.

— On peut les rattraper ? Ils ne doivent pas avoir pris une si grande avance.

— Tu l'as entendu sortir quand Olivier ? demanda John à Milan.

— L'heure, je ne peux pas te dire, mais tout le monde dormait. On était en plein milieu de la nuit, j'imagine. Il faisait encore noir.

— Alors ils doivent être rendus loin au moment où on se parle, attesta John. Les Anorû ne se déplacent presque jamais à pied. Ils ont des myrtades, une sorte de… cheval, si on veut.

— Et qu'est-ce qui les intéresse dans le fait de capturer un ivrogne ?

— Ils le détiennent comme butin. Ils savent que vous voudrez récupérer votre ami et ils voudront obtenir quelque chose en échange.

— Alors qu'ils le gardent! lançai-je hors de moi.

— Anna, voyons, tu n'y penses quand même pas, dit mon père en tentant de me raisonner. Toi qui veux aller sauver tous ces gens pris dans le bunker et tu ne voudrais pas sauver Olivier? Ça ne te ressemble pas de vouloir laisser quelqu'un derrière.

— Ce n'est pas que je ne veux pas sauver cet imbécile… C'est que ce n'est pas le moment de le faire. On n'avait pas besoin de ça et ça va nous faire perdre un temps fou. Il se met toujours les pieds dans les plats et franchement j'en ai assez. Il mériterait juste qu'on le laisse là. Qu'il se débrouille avec ses troubles. C'est lui qui s'est mis dans cette situation.

— Vraiment? Ce n'est quand même pas de sa faute s'il avait un besoin pressant. Ça aurait pu être n'importe qui d'entre nous.

Je pris une profonde inspiration et exhalai lentement l'air se trouvant dans les alvéoles de mes poumons. La température était plus élevée qu'hier et mon humeur s'en trouvait affectée.

— Qu'est-ce qu'on leur donnerait en échange? consentis-je finalement.

— Ils sont friands de pierres précieuses, si jamais vous en avez en votre possession. Pour leurs échanges commerciaux avec les Zyronois, ça leur est très utile. Ils ne cracheraient pas là-dessus. Mais on peut toujours s'essayer pour aller le chercher en catimini, sans leur donner quoi que ce soit.

Je partis à la chasse au trésor dans mon soutien-gorge et y repêchai les boucles d'oreilles en améthyste que j'avais abritées. Je les exposai bien en évidence devant moi.

— Tu en caches beaucoup de choses là-dedans? interrogea Milan, dont le regard divaguait encore entre mes deux mamelles.

— Tu pourrais être surpris. C'est pratique. Maintenant, allons-y avant que je change d'idée.

La tente fut empaquetée en moins d'une dizaine de minutes. John nous avait mentionné que nous serions en mesure d'aborder les Anorû à la tombée de la nuit et ce fut le cas. Quelques arbres épars, des ahantyes, bordaient leur camp et nous donnaient l'opportunité de les observer en catimini, cachés, le temps d'élaborer un plan d'attaque.

— Alors on procède de quelle façon? On les attaque de front? proposai-je.

— Mauvaise idée, murmura John. On est trop peu nombreux. Ce sont peut-être des sauvages, mais ils ont des lances et ils sont forts. Ils ont aussi l'avantage du terrain, ce qui n'est pas notre cas. On ne réussira pas par la force. Non, ce qu'il faut, tu vois la lueur qui est là-bas?

Il montra l'énorme hutte se trouvant à quelques pas devant nous. Des tisons ardents et des braises voltigeaient au-dessus d'elle, créant un joli contraste dans la nébulosité.

— Quand ce sera éteint et qu'on n'entendra plus aucun son, ce sera notre signal. Ils se réunissent autour de ce gros feu chaque soir et ils vont se coucher ensuite. On aura le champ libre pour trouver votre Olivier. Je suis prêt à parier qu'il se trouve dans celle de leur chef. Il faudra agir le plus silencieusement possible si on veut passer inaperçu.

— Et la hutte de leur chef, c'est laquelle?

— C'est la plus grosse. Celle du milieu.

— Et si on se fait prendre, mes boucles d'oreilles feront l'affaire, n'est-ce pas? Ils accepteront l'échange?

— On va espérer.

— S'ils ne veulent pas, qu'est-ce qui arrivera?

— On finira sur ce bûcher.

Je déglutis de travers. La perspective de mourir brûlée vive me donnait des sueurs froides. J'étais déjà en train d'imaginer ma peau se désagréger sous les flammes impétueuses et mon corps fut traversé d'un frémissement.

L'attente fut interminable avant que le brasier ne s'éteigne. Je somnolais lorsque Milan flatta ma joue du revers de sa main.

— Réveille-toi. C'est bientôt le moment d'y aller.

Je m'arrachai à mon hébétude et me relevai de ma position accroupie. Je gratifiai Milan d'un baiser concupiscent.

— Au cas où ils nous enverraient rôtir, me sentis-je obligée de lui préciser en remarquant son air interrogateur.

— Ça n'arrivera pas. Des baisers, il y en aura plein d'autres.

Il m'embrassa pour tenter de m'en convaincre ou essayer de s'en convaincre lui-même. Les bruits en provenance du village des indigènes avaient disparu.

C'était notre signal. Le plan était de prendre chacun des directions différentes afin de rendre plus efficaces nos recherches. Avant que nous partions, Arthur grava dans l'écorce d'un ahantye deux lignes perpendiculaires afin de s'assurer que nous pourrions retrouver l'endroit. Je cheminai vers la hutte qui se trouvait le plus à l'Est. J'entrai par la porte faite de paille et de branchages en essayant d'être la plus discrète possible. La température était plus clémente qu'à l'extérieur, moins suffocante. Je humai l'air qui dégageait une subtile odeur épineuse. Dans le clair-obscur, je vis des corps en décubitus dorsal reposant dans des hamacs accrochés sur des madriers. Il faisait trop noir pour que je puisse voir de quoi ils avaient l'air, mais ils étaient trois. Rien ne semblait troubler leur quiétude, même si l'un d'eux expirait bruyamment. Je fis un tour rapide du propriétaire et ne trouvai aucune trace de notre disparu. Je m'en allai sans faire de bruit et entrai dans la prochaine hutte. Une petite famille dormait paisiblement. Rien n'était à signaler non plus dans les troisièmes et quatrièmes. La cinquième habitation à visiter n'était accessible qu'en gravant une petite butte, et rien en apparence ne la différenciait des précédentes. Après y avoir fait mon entrée, je m'aperçus que celle-ci ne servait pas de logis. Je ne voyais personne. Une trâlée d'arcs et de flèches étaient entreposées et des peaux d'animal tapissaient le sol. Avant de quitter l'endroit, j'entendis le murmure d'un gargouillis provenant du fin fond de la hutte. Je m'en approchai et découvris que notre Olivier national gisait flambant nu sur le sol. Il était recroquevillé. Ses cheveux recouvraient presque l'entièreté de son visage et ses yeux étaient clos. Il murmurait des paroles inintelligibles, et pour essayer d'en saisir la teneur, je me penchai au-dessus de lui. Il puait l'alcool à plein nez. Les Anorû avaient vu juste en le kidnappant, car il faisait l'otage idéal. Ils n'avaient qu'à le saouler et il n'était plus en mesure de s'échapper par lui-même. Le tour était joué. Ils n'avaient même pas besoin de l'enchaîner puisqu'il était incapable de marcher sans aide. Maintenant, il ne me restait plus qu'à essayer de trouver un moyen de sortir ce gros bêta d'ici.

— Pst! Pst! Olivier! chuchotai-je.

— Hum… Mmm… Chaaluuut, baragouina-t-il.

Au moins, il me reconnaissait. C'était ça de gagné.

— On doit rejoindre les autres. Il faut qu'on s'en aille d'ici au plus vite avant qu'ils nous capturent tous. Es-tu capable de marcher?

— Baaah wouui.

Voulant m'en faire la démonstration, il se roula sur son pan gauche. Mais quand il voulut prendre appui sur son bras pour se lever, son estomac épandit sur mes genoux un mélange fétide de bile, de restants de nourriture et de chyme acide. Je fus pris d'un haut-le-cœur. Je dus mettre mon nez dans le pli de mon coude pour réussir à chasser ce fumet exécrable sans rajouter ma propre couche de vomissure à la sienne.

J'enroulai son bras autour de mon cou et le soulevai par la taille de toutes mes forces. Ses jambes étaient molles comme du coton, l'alourdissant plus qu'il ne l'était en réalité. Son haleine infecte me réchauffait l'épiderme.

— Tu ché koua, toua tu as toujours été une bonne perchonne. Une bonne peeerchonne, répéta-t-il d'une voix un peu trop forte à mon goût. Marchi d'être venue me chéché. Moua aimer toua beaucoup.

Il me vola un baiser sur la bouche. Stupéfaite, je le laissai tomber, et il se retrouva sur le dos, les quatre fers en l'air, et les yeux écarquillés.

— Tu me refais ça une autre fois et c'est moi-même qui t'embroche sur le bûcher des Anorû !

Après avoir frotté vigoureusement mes lèvres de ma main pour enlever toute trace de vomi qui aurait pu s'y coller, je le repris sous mon bras et nous sortîmes de la hutte. Pendant la traversée du village, Olivier n'osa dire un seul mot. Sa tête dodelinait et il avait du mal à mettre un pied devant l'autre.

Nous étions rendus à l'ahantye lorsque je sentis mes pieds se dérober sous moi. Mes cubitus heurtèrent le sol en premier. Dans ma chute, j'avais échappé Olivier qui s'était affalé à côté de moi. Une corde m'enserrait le tour de taille. Elle était nouée fermement. Je voulus me relever, mais une forme pointue empêchait toute impulsion arrière en me maintenant par terre.

— Ligotez-les et emparez-vous d'eux, commanda une voix mâle caverneuse.

La pression exercée sur mon dos s'envola et deux Anorû s'emparèrent de moi. Ils me ligotèrent les poignets bien serrés. Ils étaient d'une apparence différente des Zyronois, présentant une taille plus trapue et un corps couvert d'écailles argentées d'où perlait un liquide séreux. Leur nez occupait un espace disproportionné sur leur visage, mettant en avant-plan leurs narines béantes. Ils n'avaient pas de sourcils, mais leurs cheveux noirs étaient si longs qu'ils devaient les tresser et les remonter dans une couette pour qu'ils n'atteignent pas le sol. Leurs yeux n'avaient pas de pupilles, juste des globes oculaires complètement noircis. Seul un léger bout de tissu dissimulait leurs parties intimes.

Ils nous emmenèrent dans la guérite de leur chef, et nous étions visiblement les derniers arrivés de cette petite réunion puisque mon père, Milan, Alice, John et Arthur étaient tous déjà agenouillés devant lui. Ses exécutants nous firent adopter la même position et je me retrouvai côte à côte avec John.

— Pardonnez-moi d'avance mon accent étrange. Au village, nous ne parlons pas couramment la langue commune. Nous le faisons seulement lorsque nous sommes en présence d'étrangers, avoua le chef avant de se tourner vers nous et dont la liaison des syllabes imitait le chant d'un épervier. Alors, puis-je savoir ce qui vous a emmené à voler notre prisonnier? Vous, John, je n'aurais pas cru que vous seriez du genre à faire ça.

— Je suis désolé, s'excusa John sincèrement. Ils ont une affaire urgente à régler. Je n'ai pas fait cela contre vous.

— Une affaire urgente vous dites. Qu'est-ce qui peut être si urgent que vous en oubliez la relation de confiance qu'on partage depuis tant d'années?

— Mes amis risquent la mort à cause d'un fou et on veut aller demander l'aide des Zyronois, expliquai-je. John, il ne voulait pas vous trahir. Tout ce qu'on veut, c'est récupérer notre ami. On sera parti rapidement si c'est ce que vous voulez. On ne veut pas de trouble. J'ai... J'ai ces boucles d'oreilles en monnaie d'échange.

Je ressortis de ma brassière mes boucles d'oreilles en améthyste. Le chef redirigea son attention sur moi, découvrant soudainement que j'existais. Il vint prendre les boucles et se mit à les examiner sous toutes leurs coutures.

— Cela reste à vérifier. Vous resterez ici jusqu'à ce que je m'assure que ce que vous me dites est vrai. Gröhl, ils seront sous ta surveillance pendant leur séjour ici, décréta-t-il à l'un de ses subordonnés.

Closant la discussion, il nous tourna le dos et reprit l'arc que son surintendant lui tendait.

— Suivez-moi, dit Gröhl, l'Anorû derrière moi. Vous dormirez dans ma hutte.

Nous le suivîmes jusqu'à sa hutte, qui était sise sur un tertre à l'autre bout du village. L'heure était tardive et mon corps ressentait à nouveau les effets de la fatigue. L'adrénaline et la sieste que j'avais faite entre deux ahantyes plus tôt ne me contentaient plus et j'espérais que nous pourrions dormir aussitôt arrivés chez ce Gröhl.

Sa demeure se révéla spacieuse et un arôme fruité nous chatouilla les narines dès notre arrivée, me donnant à penser qu'il n'était pas le grand méchant loup redouté. Notre séjour ne serait peut-être pas aussi pénible que ça finalement.

— Vous pouvez vous installer sur les peaux. C'est ce que j'ai de plus confortable. Faites comme chez vous et mettez-vous à l'aise. Je suis sûr que ça s'arrangera bientôt. Benjik n'est pas très avenant avec les inconnus, mais il est juste. Il ne vous fera pas de mal si vous êtes sincère, rajouta-t-il en s'esquivant.

— Voilà qui est encourageant, me susurra Milan à l'oreille avant de me prendre la main pour m'entraîner sur un tas de couennes entassées alors que les autres s'installaient autour de nous.

CHAPITRE 18

Je fus la première à ouvrir les yeux. L'éclat du matin levant criblait d'entre les pailles de la hutte. Lové contre moi, Milan dormait à poings fermés, la bouche entrouverte. Les traits de son faciès étaient décontractés et je dus faire des pieds et des mains pour me dépêtrer de l'étreinte de ses bras sans le tirer de son sommeil.

Les autres étaient éparpillés sur des pelages amoncelés dans un rayon d'environ cinq mètres. Je marchais sur la pointe des pieds en les enjambant. Olivier était couché à plat ventre et une coulisse de salive avait séché sur sa joue barbue.

Mon estomac criait famine et je partis à la recherche de nourriture. Gröhl n'était plus dans son lit; il avait dû sortir au petit matin.

Je mis le nez dehors à mon tour. Une Anorû à la peau toute plissée et au dos recourbé m'attendait, des baquets d'eau suspendus sur les épaules. Ses globes oculaires étaient recouverts d'une fine pellicule blanche opaque, probablement des cataractes à un stade avancé.

— On allait où comme ça, ma petite?

—J'avais faim. Gröhl n'était pas là, alors j'ai pensé que je pouvais...

—Mais non, ma petite, mais non, ce n'était pas un reproche! Les amis de John sont nos amis. Vous repartirez bientôt. Il n'y a pas lieu d'être inquiet. Vous êtes tous libres de vous promener où bon vous semble dans le village. Vous n'êtes pas des prisonniers. Mais toi et tes amis avez essayé de voler Benjik et il a eu son amour-propre blessé. Laissez-lui juste du temps. Vous en viendrez à un compromis. Quant à ton petit creux, viens avec moi. J'ai quelque chose qui devrait te faire plaisir.

Elle fit volte-face, m'exhiba son éléphantesque popotin et avança tout en se le dandinant. Sa croupe généreuse rebondissait à chacun de ses pas.

—Quel est ton prénom ma petite?

—Anna.

—Bon, alors Anna, tiens-moi ça!

Sans que je donne mon consentement, elle me mit entre les mains l'un de ses récipients. Il était rempli à ras bord. Avec mon agilité équivoque, l'eau s'épancha à grosses gouttes, traçant un chemin boueux sur mon passage.

—Il ne faudrait pas tout renverser. Sinon, à quoi bon l'avoir rempli?

—Comment pouvez-vous savoir que j'en ai échappé?

—Je suis peut-être aveugle, mais je ne suis pas sourde!

—Oui, bien sûr... Je peux vous poser une question? Vous dites que vous êtes une bonne amie de John. Comment l'avez-vous connu?

— John est entré dans notre grande famille lorsqu'il a épousé la fille aînée de Benjik.

— John est marié?

Je m'attendais à tout sauf à ça. John ne se comportait pas comme quelqu'un qui était en couple. Il avait plutôt le profil du parfait célibataire sans attaches et qui menait une vie de nomade.

— Il l'était. Naïna est morte il y a deux ans. Elle est tombée d'un ravin. Un tragique accident... Je ne crois pas qu'il s'en soit encore remis. Ils s'aimaient beaucoup, tu comprends. Il erre un peu partout depuis ce temps-là, à la recherche d'une façon d'oublier son chagrin. Tout ce que je souhaite, c'est qu'il se trouve une nouvelle petite femme pour le réconforter. Tu sais, les hommes, ils ont de la misère quand ils se retrouvent seuls. Mais toi ma petite, tu ne te chercherais pas un compagnon de vie par hasard?

— Moi? Oh non. J'ai un copain. Il m'accompagne d'ailleurs ici. Il s'appelle Milan.

— Oh, quel dommage! Ne te méprends pas. Je suis certaine que ce Milan est un charmant et gentil garçon, mais j'aurais bien aimé que notre John se case avec quelqu'un comme toi.

— Comment pouvez-vous dire ça? Vous ne savez pas qui je suis.

— Et c'est là que tu fais erreur ma petite! Je te connais déjà depuis une dizaine de minutes et cela m'est suffisant pour saisir l'âme d'une personne. Tu m'as l'air d'être une bonne femme, oui, une bonne petite femme. Vous auriez fait un joli couple bien assorti. Reste que je suis contente pour toi. Tu m'as l'air très heureuse avec ton Milan. Il a l'air de bien prendre soin de toi. Mais si jamais un jour, il te traite mal…

— Je ne pense pas que ça arrivera. Et John n'est probablement pas intéressé par moi. Vous l'avez dit vous-même : il pense encore à sa femme.

— Naïna aura toujours une place importante dans son cœur, mais je suis persuadée que tu lui as tapé dans l'œil, que tu le veuilles ou non. Tu te demandes sûrement comment une vieille décrépie aveugle de 97 ans comme moi peut savoir ça? Lorsque vous étiez tous assemblés hier soir, ça ne m'a pas trompé. J'ai ressenti son attirance pour toi. Quand quelqu'un nous plaît, il n'y a pas de demi-mesure, ça transparaît dans ce que nous dégageons. Même une borgne s'en rend compte.

Entendre tout cela était flatteur, j'en convenais. Ne pas avoir été en couple, John aurait peut-être pu m'intéresser. Au final, ce n'était que conjectures, car je n'étais pas libre de toute façon.

Nous avions débouché sur une clairière au sud du village où nous pouvions apercevoir de longues tables élaguées dans du bois. Un groupe de femmes de tous âges y siégeait et y papotait tandis qu'un panache de fumée graisseuse s'élevait d'une marmite en fonte.

— Ah, Lucille! tu es enfin revenue. Il n'était pas trop tôt! On croyait que le Gramlocque t'avait mis la main dessus, argua une femme qui semblait presque aussi âgée que Lucille. Elle partageait même avec elle plusieurs traits faciaux, des seins plissés et laissés à découvert. Même si je ne voulais pas regarder, mes yeux étaient immanquablement attirés vers sa poitrine mollasse.

— C'est qui cette étrangère qui fixe mes *criddle* de la sorte ? Elle en voudrait des pareils peut-être ?

Son rire criard perça l'atmosphère, froissant encore plus la peau de son visage déjà usé par une longue vie.

— Qui voudrait de tes galettes écrasées ma vieille ? Pas moi en tout cas. Et certainement pas cette jeune femme qui s'appelle Anna. C'est une amie de John.

— Alors Anna, amie de John, tu peux aller te prendre une place. Le petit déjeuner va être servi bientôt. J'espère que tu aimes le ragoût de pattes de cochon.

— Vous avez des cochons ici ? m'enquis-je, surprise d'apprendre qu'on retrouvait les mêmes animaux sur Zyron que sur la Terre.

Elle me toisa comme si j'étais la dernière des tartes sans cervelle. Elle s'approcha de Lucille et marmonna :

— D'où John l'a-t-il pêché celle-là ? C'est un drôle de moineau ! Je savais que la mort de Naïna l'avait affecté, mais pas à ce point... Je te gage qu'il a dû passer par la vallée de l'Ogagogue et respirer les vapeurs empoisonnées. Son jugement a été altéré, c'est évident.

— Lorna, veux-tu bien arrêter de déblatérer et servir ce maudit ragoût. Quant à toi, Anna, va t'asseoir ou sinon elle te demandera ta couleur de sous-vêtement dans peu de temps.

Je laissai les deux aïeules se crêper le chignon et partis chercher un endroit où m'attabler. Certaines femmes étaient indifférentes à ma présence lorsque je passai à côté d'elles, mais d'autres me dévisageaient d'un regard inquisiteur.

À la dernière table sur la droite, un poupon tétait avec avidité la mamelle exposée de sa jeune mère. Les deux étaient en symbiose, mais lorsque la mère me vit, elle me gratifia d'un sourire cordial et je sus alors qu'elle m'accepterait à sa table. Je pris place sur le banc à côté d'elle.

— Elles sont toujours à se chicaner ces deux-là?

— Elles le font presque tout le temps. Et ça ne m'étonnerait même pas que ce fût aussi le cas dans le ventre de leur mère.

— Elles sont jumelles?

Elle acquiesça. L'air familier que j'avais perçu en voyant les deux sœurs s'expliquait donc.

— Je ne me suis pas présenté. Moi, c'est Anna. Je suis une amie de John et je viens du bunker.

— Je suis Jeremiah, mais la plupart du temps on m'appelle simplement Mia. Ravie de faire ta connaissance. John nous a parlé du bunker. Ça n'a pas l'air d'être très jojo comme endroit.

— Ouais. C'est une chance de s'en être sortis.

Alors que nous nous présentions, Lorna s'était chargée de servir les convives. Toujours un peu méfiante, elle avait déposé devant moi une jatte biscornue garnie d'un bouilli fumant. L'exhalaison qui s'en dégageait excitait mes papilles gustatives. Ce ragoût avait l'air plus appétissant que ce que nous mangions depuis le début de notre cavale hors du bunker.

— Comment s'appelle le bébé? demandai-je entre deux bouchées.

— Agnosyn. Ce prénom signifie «myrtade sous le soleil levant» dans notre langue. C'est un petit homme déjà fort comme son père.

— Et il a quel âge ce petit Agnosyn?

Mia avait fini d'allaiter. Elle rabattit le pan de son habit sur son sein dévoilé et lova le nourrisson dans une couverture à côté de sa cuisse. Le petit s'endormit en quelques secondes.

— Il est né il y a trois lunes.

Un rugissement retentit soudainement à l'orée du village, derrière la marmite encore fumante. Une bestiole violine aux ailes déployées fonçait droit sur nous. Elle clappait son long bec affilé et recourbé, excitée par toutes les proies devant elle. Dans un élan de protection, je saisis le bébé et me mis à courir pour aller le mettre en sécurité. Aucun endroit ne semblait propice pour se cacher. J'entendais la créature se rapprocher dangereusement, pouvant presque sentir son souffle derrière mon encolure. Le chérubin avait l'air ébahi par toute cette commotion. Il me regardait, flegmatique, sans faire le moindre mouvement. Je me retournai, pensant que ma mort avait sonné, mais je me retrouvai nez à nez avec Mia qui fulminait. On pouvait pratiquement voir de la fumée sortir de ses narines béantes.

— Pourquoi es-tu partie comme ça avec mon bébé?

— Le volatile… Il voulait… Il fallait… que je sauve Agnosyn, dis-je en tentant de reprendre mon souffle et en lui redonnant son nouveau-né. Toi ça va? Tu n'es pas blessé? Elle est rendue où cette chose volante? Elle était derrière moi il n'y a même pas une minute.

Mia se mouva quelque peu vers la droite. La bête était clouée au sol, raide morte, transpercée par un javelot de bout en bout de son thorax.

— Non, je ne suis pas blessée.

Elle s'en alla la tête baissée, choquée. Moi qui croyais avoir développé un début d'amitié avec quelqu'un hors du bunker, mon chien était mort. Lucille et Lorna s'étaient rapprochées pendant que j'étais accroupie pour retirer la lance du corps inerte.

— C'est bien la première fois que je suis témoin d'une chose comme ça, la première fois! témoigna Lorna qui avait bien pris soin de ralentir le débit à la fin de sa phrase pour que je saisisse comme il faut qu'elle désapprouvait mon acte héroïque. Un Dimblocus, il n'y a pas plus facile à tuer! Sa gaffe aurait pu nous coûter très cher, on aurait tous pu y passer!

— Elle ne le savait pas, calme ton poil de jambe ma vieille, conseilla Lucille qui tentait d'apaiser le jeu de sa sœur d'une voix lénitive. Mais c'est vrai que c'était risqué pour le petit Agnosyn. Elle et ses amis devront montrer ce qu'ils ont dans le ventre. Apprenons-leur à se battre.

CHAPITRE 19

— Se battre, dans le sens de...?

— Si tu veux survivre sur Zyron, il faudra que tu saches te défendre, sinon tu mourras, certifia Lucille. Je ne sais pas ce qu'ils vous enseignent dans votre bunker, mais ici tout le monde apprend dès le berceau à tuer des Dimblocus. À deux heures, présente-toi ici avec tes amis et on commencera à vous apprendre tout ce qu'il vous faut savoir pour rester en vie. Si vous progressez bien, je verrai personnellement à ce que Benjik vous libère.

— Pourtant vous m'aviez dit tout à l'heure que nous n'étions pas des prisonniers. Vous m'avez menti?

— Plus ou moins je dirais. C'était surtout une façon d'expliquer les choses. Vous pouvez vous promener dans le village à votre guise, manger, boire, respirer notre grand air, mais au bout du compte, tant que Benjik n'aura pas décidé que vous pouvez partir, vous resterez ses prisonniers. Je peux compter sur toi pour faire le message à tes amis?

Après avoir répondu que j'y veillerais, je me devais de joindre le geste à la parole. Je me mis donc à marcher vers la hutte à Gröhl. Des rires fusaient et se mêlaient au sifflement du vent qui s'était animé. J'entrai dans la chaumière et y découvris que tout mon petit monde était rassemblé en cercle et accroupi. Je n'arrivais pas à voir ce qui causait leur hilarité, mais en m'avançant et en m'abaissant à leur niveau, j'aperçus un insecte haut d'une quinzaine de centimètres qui se trémoussait avec vigueur. Ses membres ressemblaient à des brins d'herbe, son tronc s'apparentait à une quenouille et sa tête avait la forme d'un trèfle à quatre feuilles. Il dansait en enroulant ses jambes sur elles-mêmes et en les déliant par la suite. Je le trouvais si mignon que je ne pus m'empêcher d'avancer vers lui pour le toucher.

— Je ne ferais pas ça si j'étais…, m'avertit Olivier trop peu, trop tard.

La petite créature s'enflamma en triplant le volume de son corps, une crête épineuse se dressant sur son dos et m'éperonnant le bout du doigt. Du sang s'épancha du minuscule trou formé. Après m'être éloignée, elle reprit sa forme initiale et perdit sa teinte rougeoyante. Elle se remit à sautiller comme si rien ne s'était passé.

— Qu'est-ce que je disais? On ne m'écoute jamais quand je parle…, se plaignit Olivier pendant que j'exerçais une légère pression sur mon doigt pour vérifier s'il y avait encore un écoulement.

— C'est quoi cette petite chose? demandai-je en reportant mon regard sur la curieuse bête.

— Un Treyard, un insecte danseur, rétorqua Gröhl qui venait d'arriver derrière moi.

Il avait apporté un plateau rempli de viennoiseries toutes plus alléchantes les unes que les autres. Même si le ragoût m'avait rassasiée, je me laissai tenter par deux croissants. La pâte feuilletée et beurrée à souhait fondit sous mon palais. Les Anorû se révélaient de vrais cordons bleus.

— Ils n'aiment pas vraiment ça quand on les touche.

— On peut dire que je m'en suis rendu compte.

— Ils sont impressionnants, mais la blessure guérira vite. Leurs plaies ne sont jamais importantes et nécessitent peu d'entretien. D'ailleurs, vous pouvez tous aller vous laver. Je vous ai préparé le nécessaire, là, derrière le paravent. J'ai cru comprendre entre les branches que vous alliez être entraînés au combat tantôt et j'ai accepté d'être votre enseignant. Alors on se voit plus tard.

Il déposa nos denrées sucrées et s'en alla, faisant claquer la porte de paillis derrière lui. Mes comparses avaient des points d'interrogation d'implantés sur leurs visages ébahis.

— De quoi parle-t-il là? s'enquit Olivier en replaçant une mèche rebelle qui s'était faufilée devant sa bouche.

— À cause de ma maladresse légendaire, j'ai mis un bébé en danger, et pour ça, on devra apprendre à se battre. C'est conditionnel pour que Benjik nous laisse partir.

— Qu'ils veulent te l'apprendre à toi, parce que tu ne sais pas comment, ça, je peux le comprendre. Mais pourquoi doit-on tous y aller? Je suis parfaitement capable de me battre.

— Si ça avait été le cas, on ne serait pas coincés ici.

Au moment même où ces paroles étaient sorties de ma bouche, je savais qu'elles avaient dépassé ma pensée et qu'il était trop tard pour les rattraper. Olivier se rembrunit et décampa. Je crois que j'aurais plutôt préféré qu'il me lance des injures ou qu'il détruise quelques objets au passage. Je voulus aussitôt m'amender, mais mon père me bloqua le chemin lorsque je fis un pas en avant.

— Il vaut mieux que ce soit moi qui y aille. Je vais arranger ça.

Il sortit réparer mes pots cassés et je croisai les deux doigts pour qu'il réussisse ce tour de force. Suivant les recommandations de Gröhl, je décidai d'aller me nettoyer, espérant que cela me changerait un peu les idées. Je franchis le paravent où se trouvait une bassine débordante d'eau, et je me délestai de mes vêtements pour ensuite m'immerger dans la cuve. L'eau qui dégageait une fraîche odeur de lavande n'était pas bouillante, mais n'était pas froide non plus. Je me sentais tellement encrassée que j'accueillis ce bain comme une vraie bénédiction. Les saletés se détachèrent facilement de ma peau qui retrouva son éclat rosé d'antan. En dix minutes, le tour était joué, j'étais propre comme un sou neuf. Je sortis de la baignoire en étain et m'enveloppai dans une serviette molletonnée que Gröhl avait laissée pour chacun de nous sur la chaise de bois se trouvant sur le bas-côté. En me penchant pour m'éponger les jambes, je reconnus la carte mémoire que j'avais fourrée contre mes talons lors de la soirée chez Lewis.

— Qu'est-ce que c'est? demanda Milan qui venait d'arriver et qui mâchouillait sa dernière bouchée de chocolatine.

— Quelque chose que j'avais oublié et qui date de quand on était chez Lewis. Il faut que je vous parle.

Je me séchai avec empressement et m'habillai du vêtement propre donné par Gröhl. Il s'agissait d'une tenue traditionnelle Anorû. Elle était de couleur sable et laissait entrevoir beaucoup de peau. Le col était ourlé de rouge. J'enfilai également une paire de bottines en tricot blanc cassé. Le confort procuré était de la soie en comparaison à mes ballerines usées jusqu'à la plante des pieds. Je laissai ma toison rousse vagabonder entre mes omoplates, puis je me rendis de l'autre côté de la cloison. Mon père avait réussi à rapatrier John. Son visage était inexpressif et ses bras étaient enchevêtrés à la hauteur de son épigastre.

— Je m'excuse.

— Ça va. On ne va pas en faire toute une tragédie grecque.

Il y eut un malaise d'environ une minute, puis Olivier esquissa un sourire moyennement convaincant. Il laissa son corps s'affaisser dans un grand hamac à côté de John qui affutait un bout de bois vieilli à l'aide d'un couteau.

— Avec tout ce qui est arrivé depuis qu'on est sortis du bunker, j'avais oublié de vous dire que j'avais encore la clé qui a servi le soir où Milan et moi sommes allés souper chez Lewis. J'avais réussi à m'infiltrer dans son bureau avant qu'on soit capturés. J'ai trouvé des choses horribles dans son ordinateur et j'ai copié les fichiers. Ça parlait d'un projet spécial. Darkemo. C'est beaucoup plus qu'une simple histoire d'anthropophagie. Lewis justifie ses actions parce que les ressources du bunker sont à sec et qu'on court à la famine. Mais le Zyronois que j'ai vu mourir sur la table n'était pas là par hasard. Ils ont une substance dans leur cerveau qui décuple les forces, qui fait devenir un zombi. Lewis s'en est servi pour fabriquer une potion qu'il a donnée à son armée. Mon frère en a pris. Lewis a l'intention de conquérir le territoire des Zyronois, et pour ça il veut utiliser tous les gens du bunker comme bouclier. Il sait très bien que ça va tuer beaucoup de gens, mais il est prêt à faire le sacrifice quand même. Je ne sais pas quand il a l'intention de mettre son plan à l'exécution. Ça peut être demain, ou dans dix jours ou le mois prochain. Je n'ai pas eu le temps de lire l'information ou de lui demander directement.

— Alors on a encore plus besoin d'aller chez les Zyronois. Ils doivent être prévenus qu'ils seront attaqués, nota Milan qui était derrière moi.

— Dans le meilleur des mondes, oui, ils devraient l'être, dit Olivier en fixant des yeux la lance que John venait de terminer d'affiler. Loin de moi l'idée de péter votre bulle les amis, mais d'un, on est coincés ici et la téléportation n'existe pas, et de deux, si ça se trouve, il est peut-être déjà trop tard. Qu'est-ce qui nous dit qu'il ne l'a pas déjà utilisée sa fameuse potion ?

— Ça ne fait pas si longtemps qu'on est partis du bunker, dit mon père qui était attablé à côté d'Alice. Si ça avait été le cas, je suis certain qu'on aurait été au courant. Pour faire ingérer à tous le poison, il a besoin d'un gros moyen de diffusion. Les pannes sont fréquentes, alors il ne dispose pas de l'énergie nécessaire pour contaminer tous les secteurs du bunker. Ce dont il a besoin c'est que tout le monde se retrouve au même endroit, au même moment. Je mettrais ma main au feu que l'occasion qu'il attend est les élections. Si moi j'avais à choisir un moment, ce serait celui-là.

— Alors ça nous donne quoi... grosso modo huit semaines pour réussir à partir d'ici, traverser la planète entière et aller convaincre les Zyronois de prendre les armes avant que ce fou de Lewis transforme tout le monde du bunker en machines à tuer, énuméra Olivier en faisant le compte avec ses doigts. Vous ne trouvez pas ça un peu court comme laps de temps?

— Ça l'est, confirma Milan. Il faudrait partir le plus rapidement possible. Ça devrait pouvoir se faire, n'est-ce pas John?

À la façon dont les deux hommes se regardèrent, j'eus la confirmation qu'ils ne s'idolâtraient pas outre mesure. Ils avaient l'air de deux coqs dans une basse-cour.

— S'il n'y a pas d'embûches, c'est faisable, répondit John, les mains dans les poches et soutenant le regard de Milan.

— Alors, tentons le coup. On n'a pas grand-chose à perdre.

— Sauf des amis et de la famille, rajoutai-je, consciente qu'il était possible que je ne revoie jamais mon frère, Sun, Jia ou Tatiana.

Olivier tressaillit en entendant le prénom de cette dernière. Momentanément, ses yeux quittèrent la lance de John pour me regarder.

— Si quelqu'un me cherche, je suis partie prendre un bain.

Il se leva et disparut derrière la cloison. Nous entendîmes le son caractéristique d'un corps franchissant la nappe lorsqu'il rentra dans la cuve en étain. Dix minutes plus tard, Gröhl était réapparu pour nous emmener où aurait lieu notre première séance de combat. Sur le chemin pour nous y rendre, il s'était montré peu bavard. Il avait à peine plus de deux mots. Il n'avait pas l'air d'apprécier particulièrement notre compagnie, même s'il se forçait à rester poli lorsqu'on l'abordait. Son comportement réservé s'expliquait peut-être par une timidité excessive, mais je le connaissais trop peu pour jauger de ce fait.

Nous étions revenus à la clairière située au sud du village et le cadavre du Dimblocus y reposait toujours. Un essaim d'insectes nécrophages se régalait de ses chairs putrides et une odeur d'avarie nous chatouillait les narines lorsque nous passâmes à proximité. Lucille se trouvait derrière le corps mort et montait une myrtade, une créature de race équine fière et majestueuse. Celle-ci était plus grande qu'un cheval avec ses longues jambes robustes et son poitrail large, et ses crins pervenche reluisaient sous la lueur dorée du soleil. L'animal dont la tête était de forme trilatérale broutait le sable ceignant ses sabots. Il semblait heureux comme un poisson dans l'eau, folâtrant et sautillant sur le sol. Lucille lui tapota le dos, ce qui le calma considérablement. Il se remit à paître sans esbroufe.

Gröhl répartit par terre une multitude d'armes en tous genres : pilums, éperons, arcs et flèches. Il se tourna vers nous pour nous parler, mais sembla mal à l'aise au moment d'écarquiller la bouche. Gêné, il se rencogna sur lui-même, telle une tortue rentrant dans sa carapace, et n'eut besoin que de regarder Lucille pour reprendre ses esprits, mu par une nouvelle confiance. Son dos et son menton se redressèrent.

— Mettez-vous en équipe de deux.

— Et il va y en avoir combien? Est-ce que cette vieille chouette… cette dame, tenta de se reprendre Olivier, elle ne va quand même pas… vous savez… Elle pourrait se blesser… à son âge. Ce n'est pas prudent.

— Merci de t'inquiéter pour moi, mon petit, mais même si je suis une vieille sénile, je suis plus forte que tu ne le penses. Pour le nombre de leçons, il y en aura tant qu'il en faudra. Je ne donnerai ma bénédiction que lorsque je sentirai que vous êtes prêts.

Il grommela en se détournant, puis les équipes se formèrent. Sans surprise, John et son père s'associèrent, tandis que moi je me joignis à Milan. Mon paternel prit John sous son aile et Alice n'avait pas l'air de savoir quoi faire de son corps boulonné. Elle regardait autour d'elle, cherchant un partenaire invisible.

— Je dois participer ou non? Il ne reste personne avec qui me placer…

— Tu seras avec moi. Personne ne sera mis de côté, signifia Lucille en descendant de sa myrtade.

Gröhl débuta la classe avec des exercices d'étirement permettant d'éviter des blessures subséquentes. Après quelques minutes de course à pied vint le plat de résistance : l'art du combat.

CHAPITRE 20

Notre première session s'était plutôt bien déroulée. Olivier n'avait pas été aussi doué qu'il se l'était imaginé, mais il s'était comporté de manière exemplaire, sans jurons ni excès de colère, sans doute apeuré de recevoir des remontrances de la part de Lucille qui veillait au grain. Cette femme semblait le tempérer juste par sa présence.

Elle était partie en semblant satisfaite de nos performances, mais je ne pouvais déterminer si cela était de bon augure pour un départ imminent du village.

Ce soir, nous étions invités à la *Palleronna,* la fête du feu se déroulant chaque brunante. Le bouquet de flammes était déjà bien entamé, crachant ses escarbilles au gré du vent. Je n'avais jamais assisté à une fête amérindienne auparavant, mais elle correspondait à l'image caricaturale que je m'en faisais, à celle qu'on observait dans les livres. Les fêtards tournoyaient autour du brasier, ondoyant leur corps entre brutalité et sensualité. Un instant, leurs gestes étaient amples, exagérés, lascifs; l'instant d'après ils étaient saccadés, puissants et déroutants. Leurs visages animés étaient enduits de suie et on ne voyait plus que leurs dents crayeuses. Des musiciens tambourinaient sur des peaux rêches qui étaient tendues elles-mêmes sur des barriques en bois. Un des batteurs lâcha son instrument et m'entraîna parmi les danseurs avant de recommencer à jouer. Ne sachant que faire, je me mis de la partie. Ce fut maladroit au départ, mais plus je pris confiance, plus je devins à l'aise. Un instinct primal s'empara de ma chair et je devins l'une des leurs. J'étais une Anorû. Je dansais en roulant mes hanches et mon bassin à leur façon. Je ne ressentais ni la fatigue ni la chaleur et je n'avais aucune notion du temps qui filait. J'avais encore les yeux clos lorsque les percussions se turent.

— Les aimes-tu mes petites herbes magiques? C'est fou à quel point elles subliment l'esprit et libèrent les tensions! ricana Lorna en passant devant moi.

— De quoi parlez-vous? Quelles herbes?

Elle caqueta une fois de plus et jeta un coup d'œil vers le bûcher qui se consumait toujours. Je compris alors que l'instant de transe que j'avais éprouvé pendant que je dansais n'était pas le fruit du hasard. J'avais été plutôt intoxiquée par une décoction mystérieuse.

— C'est un passage obligé pour les touristes, prévint John. Benjik veut voir à qui il a affaire. Tu n'as pas à avoir honte. Par contre, ton ami Olivier…

— Il a encore fait un fou de lui?

— On peut dire ça comme ça… Il s'est mis tout nu et a dansé avec tellement d'entrain que… Tu sais… Son… Tu sais… En bas… Enfin.

Ses pommettes s'étaient rougies.

—Tu n'as pas besoin de me faire un dessin. Je le connais bien et ça ne m'étonne pas. Il est bon pour avoir l'air fou, mais reste que… Il est attachant… à sa manière.

Je marquai une pause, essayant d'analyser ce qui venait de quitter ma bouche.

—Whoa. J'ai vraiment de la misère à croire que j'aie pu dire une chose pareille. Il est rustre et j'ai envie de l'assassiner au moins dix fois par jour, mais je suis certaine qu'au fond de lui c'est un bon gars. Dans le genre qu'il le cache vraiment loin quelque part et qu'il le noie avec tout l'alcool qu'il ingurgite chaque jour.

—Il boit aussi souvent que ça?

—Oh oui. C'est même surprenant qu'il ne soit pas déjà tombé dans un coma éthylique ou qu'il ne soit pas mort d'une cirrhose.

—Et ça dure depuis longtemps? Tu sais pourquoi il se détruit comme ça ?

—Ça ne fait pas des années que je suis arrivée au bunker, mais on m'a quand même dit que ça fait un long bout qu'il est alcoolique. Pourquoi fait-il ça? Ça, je l'ignore. Je ne lui ai jamais posé la question.

—Je vois.

—Où est tout le monde?

Il m'emmena de l'autre côté des flammes. Ils étaient tous assis sur des fourrures posées à même le sol, non loin du trône de fortune de Benjik qui discutait avec eux. Ils avaient un verre à la main et semblaient bien s'amuser. Même Olivier avait l'air détendu et dans de bonnes dispositions. Je vins pour m'asseoir, mais Milan changea mes plans. Il se leva et me prit par la main.

— Qu'est-ce que…

— Ne pose pas de questions. Fais juste me suivre.

Nous sortîmes de l'enceinte où se déroulait la *Palleronna* et il m'emmena dans un coin reculé où les bruits de la fête nous parvenaient en sourdine. Nous pouvions toujours apercevoir le feu frétiller au loin et nous entendions l'écho des tambours et des voix haut perchées s'amalgamer. Il s'installa le dos contre un ahantye et je me blottis sur son torse. Depuis que nous nous étions échappés du bunker, nous n'avions eu aucun moment notable d'intimité et la dernière fois que nous avions fait l'amour remontait à trop longtemps à mon goût. La proximité de son corps me troublait les sens et son odeur me faisait chavirer. Il enfouit et frotta son nez dans mon cou, ce qui eut pour effet de me faire frissonner.

— Tu as froid?

Incapable de parler, le ventre noué par le désir, je me contentai d'un vague signe de négation de la tête. Ressentait-il la même chose? Avait-il envie de moi?

— Tu vois les millions d'étoiles là-haut? Elles sont magnifiques tu ne trouves pas?

J'en convenais, la vue était imprenable, mais comment pouvait-il rester si stoïque alors que mon cœur battait la chamade?

— Oui, oui, magnifiques. Magnifiques. Tu m'as emmenée ici juste pour qu'on observe le panorama?

— Bien sûr que non. Anna… Tu me manques tellement.

Sa main se saisit de mon menton et il m'embrassa comme s'il n'y avait pas de lendemain. Impatient, il descendit son autre main sur mon entre-jambe, chiffonna le bas de ma tenue et la releva à la hauteur de mes hanches. Il glissa sa main en dessous, frôla de ses doigts ma petite culotte, l'écarta et se mit à la tâche. Ma respiration s'écourta et devint plus superficielle. Je fermai les yeux, me délectant de ses adroites caresses, et je laissai échapper un profond soupir. Après quelques minutes, il m'étendit par terre en continuant ses attouchements et ses baisers. Je sentais déjà monter en mon ventre l'extase.

— J'ai tellement envie de toi, lui murmurai-je à l'oreille, proche de l'orgasme.

Comme s'il n'attendait que ce signal, sa main quitta mon sexe le temps d'abaisser ses caleçons. Il écarta mes cuisses puis me prit avec fougue. Un cri des tréfonds s'enfuit de ma gorge.

— Je t'aime. Je… t'aime, haletai-je en quittant à peine ses lèvres.

— Les chauds lapins avaient une folle envie de rapprochement !

Je regardai au-dessus de l'épaule de Milan et la face de Olivier était là à nous fixer, un gros sourire niais pendu aux lèvres. Ne faisant ni une ni deux, Milan se retira de moi, furieux, et flanqua à Olivier une bonne raclée. Ce dernier tomba lourdement sur le dos en se tenant le nez.

— Tu es malade, mec ! Tu l'as cassé… Tu as cassé mon nez !

Du sang s'écoulait de son appendice nasal amoché. Abasourdie par ce qui venait de se passer, je regardais les deux hommes se défier du regard en me demandant si je devais intervenir ou pas. Milan piétinait en virevoltant sur lui-même et en fracassant sa main de son poing. Il inspirait et expirait bruyamment, tentant de se calmer. Olivier était accoudé sur ses genoux et tentait encore d'évaluer les dégâts de son nez qui avait déjà arrêté de saigner.

— Pourquoi t'es venu ici? lui demandai-je finalement.

— Écoute, je suis vraiment désolé. Je ne voulais pas vous interrompre… Benjik voulait que je vienne te chercher Anna. Il veut te parler. Et comme j'avais besoin de prendre un peu l'air, j'ai dit oui. Voilà. Ce n'était pas nécessaire de me péter le nez pour ça.

— Pourquoi veut-il me voir? Ça ne pouvait pas attendre un peu? Qu'est-ce qui peut presser autant à une heure pareille?

— Est-ce que j'ai l'air de savoir pourquoi? Je n'ai pas posé de question moi. J'ai juste fait ce qu'il m'a demandé de faire avant de l'oublier parce que je suis fatigué et un peu saoul. Point final. Je n'ai pas pensé que je devais lui faire un interrogatoire en règle.

Il s'en retourna vers le village où la flambée avait perdu de sa vigueur, vouée à une belle mort, en chancelant quelque peu, la mine basse et la main sur sa truffe endolorie. Milan s'approcha de moi, l'air déconfit, et m'enlaça.

— Ça faisait si longtemps… Ça me fâche qu'on n'ait pas eu le temps de finir…

— Moi aussi… Mais on va se reprendre j'en suis certaine. Tiens, j'ai une idée. Attends-moi ici. Après avoir parlé avec Benjik, je viendrai te retrouver. On finira ce qu'on a commencé.

— Ah! Cette idée me plaît. Entente conclue. Je ne bougerai pas d'un poil!

Encouragé par ce rendez-vous coquin, il retrouva son air rieur et recula jusqu'à l'ahantye avant de s'asseoir sans me quitter des yeux. Je partis l'esprit léger en ayant hâte à nos retrouvailles qui, je l'espérais, arriveraient le plus tôt possible.

Revenue dans le village, je me rendis compte que l'ambiance festive de jadis s'était envolée. Beaucoup de villageois avaient quitté ou s'étaient simplement assoupis sur place, certains s'étant même empilés sur d'autres, trop enivrés pour rentrer dans leur demeure. Il ne restait plus que Benjik qui semblait perdu dans ses pensées, les yeux errant dans le vide. En m'avançant vers lui, je finis même par me dire qu'il valait peut-être mieux ne pas le déranger, mais il pressentit mes réserves, sortit de son état d'hypnose et m'incita à approcher.

— Vous vouliez me voir?

Il acquiesça.

— Prends ma place.

— Qu'est-ce que vous voulez dire?

— Assieds-toi ici.

Il se hissa sur ses gambettes et me désigna son trône du doigt. Prise au dépourvu, j'allai m'y asseoir quand même. Il commença à marcher de long en large, pensif, et regarda le ciel.

— Qu'est-ce que ça te fait d'être assise là?

— Euh… Je ne sais pas trop. La même chose qu'à vous, j'imagine. C'était simplement ça que vous vouliez me demander?

— Non. En fait, je voulais que nous passions un marché. Vous êtes la chef n'est-ce pas?

— Je ne crois pas que ce soit le cas...

— Si les gens viennent à vous pour vous demander conseil afin de prendre des décisions, s'ils vous suivent et vous font confiance aveuglément, si c'est vous qui prenez la parole en public, alors oui ça fait de vous leur chef.

— Si vous le dites. On n'a rien mis d'officiel non plus.

— Vous pourrez partir dans cinq jours.

— Pourquoi ne peut-on pas partir demain?

— Parce que ça nous laisse le temps de préparer vos provisions pour le restant de votre voyage.

— C'est juste. Est-ce que je peux partir maintenant?

— Allez-y.

— Je vous remercie.

Mon derrière quitta son trône et je retournai rejoindre Milan. Ce dernier se trouvait encore au pied de l'ahantye. Un profond sommeil l'avait emporté, son corps penchant un peu vers la gauche et sa tête appuyée sur l'ample panard de l'arbre. Il était on ne peut plus clair que notre séance de sexe torride devrait être remise une fois de plus. J'étais déçue, mais en même temps, je le trouvais mignon, arrangé de la sorte. J'allai me pelotonner contre lui, tentant de ne pas le tirer du pays des rêves, et je m'endormis en un clin d'œil.

CHAPITRE 21

— Est-ce qu'on doit vraiment apporter tout ça? J'ai l'impression que ça va juste nous encombrer plus qu'autre chose. Ça, c'est sans parler nos myrtades qui vont déjà avoir le dos en compote avant même notre départ, non? On dirait que la mienne me regarde déjà avec des yeux fâchés.

— Tu t'inquiètes pour rien, Anna. Les myrtades sont fortes et peuvent soulever des charges qui sont trois fois supérieures à leur poids, m'informa Lucille qui m'aidait à poser la dernière poche de riz étuvé sur ma monture. Caya n'est pas fâchée contre toi. C'est son air habituel. Elle a tout un caractère cette bougonne, mais c'est une bonne fille!

Sa main caressa le flanc de l'animal qui hennit en relevant son poitrail, contente de cette marque d'affection.

— Tiens, cette description me rappelle étrangement quelqu'un dont le prénom est Olivier!

Elle ria de bon cœur.

— C'est vrai qu'ils ont beaucoup de points en commun ces deux petits chenapans! Mais on les adore, n'est-ce pas? Que serions-nous sans eux? Notre vie serait beaucoup moins amusante. On s'ennuierait à mourir si tout le monde était pareil. Un peu d'action, ça n'a jamais fait de mal à personne.

Sentant qu'elle était l'un des sujets de notre discussion, Caya piocha le sol, mi-amusée, mi-courroucée.

— Et vous avez raison comme toujours.

— Ça a ses avantages d'être rendue une vieille peau comme moi, tu sais. Je n'étais pas aussi sage à l'époque.

Elle s'inclina soudainement vers l'avant et s'empoigna le dos, comme si elle était en proie à une crampe. Son visage trahissait une douleur sourde, ses traits étant crispés.

— Vous n'allez pas bien?

— Un petit malaise, c'est tout. Ça va passer.

Au bout d'une minute, elle se redressa. Son visage s'était décontracté et elle avait meilleure mine.

— Voilà, c'est déjà terminé. Je te le disais que j'irais mieux dans pas long.

— Vous en avez souvent des malaises comme ça?

— De temps à autre, mais à mon âge, il ne faut pas en être étonné. Je ne suis plus jeune, jeune! Tu n'as pas à t'inquiéter pour moi, je me sens maintenant en pleine forme.

Dans un élan d'affection, je m'avançai vers elle pour l'étreindre. Ses cheveux sentaient le romarin, la sauge séchée et la farine de blé. Son corps opulent portait le poids des nombreuses années écoulées de sa vie. Elle s'éloigna de moi et m'agrippa la joue avant de s'éclipser vers Benjik, lui qui avait veillé personnellement à ce que notre départ se déroule selon les règles de l'art. Alors que nos myrtades se mettaient en marche, nous éloignant peu à peu du village où ses habitants nous avaient accueillis avec tant d'hospitalité, Benjik et Lucille nous saluèrent une dernière fois en nous envoyant la main. Peu à peu, l'image de leur silhouette décrut et finit par s'évanouir.

En guise de cadeau de départ, Lucille m'avait offert une petite horloge artisanale, faite de gravelle et de bois verni. Nous avions quitté le village en début de matinée. Les deux aiguilles pointaient maintenant leur dard longiligne vers le haut, indiquant que midi cognait à nos portes. Le soleil plombait sur nos têtes chevelues et mon estomac réclamait son dû. Benjik ne s'était pas montré chiche en matière de provisions, puisque nous avions de quoi tenir plusieurs semaines. Il nous avait fourni en denrées de tous genres : riz, quinoa, banane, sarrasin, blé, arachides, basilic, origan, ail, persil. Nous avions également un faitout, un brûleur, des broches, des ustensiles, des sacs de couchage en laine tressée, des oreillers en plumes et des produits d'hygiène personnelle divers tels que savon, shampoing et crème à raser pour les garçons. Avec tout ce bataclan, nous étions parés à tous les aléas.

Nous nous installâmes sous l'ombre d'un ahantye pour le goûter. Après une trentaine de minutes de pause, nous étions déjà prêts à plier bagage. Tout était rangé à sa place et Caya piaffait d'impatience de se dégourdir les pattes. Une brise se leva au moment même où j'eus déposé mon pied dans l'étrier. Le son d'un roulis fit ciller l'air, d'abord faiblement, puis gagna en intensité. Avant même que je ne puisse me retourner pour percevoir la source de ce bourdonnement, un cri vrombit, celui de John. Il courait à en perdre l'haleine et pointait derrière lui.

— Tempête de sable! Les abris, sortez les abris! Mettez-vous tous aux abris!

Un pan de près d'un kilomètre de hauteur déboulait vers nous, et il avançait beaucoup plus rapidement que nous le permettrait la cadence de nos pas. Par automatisme, mes pieds se mouvèrent quand même, empruntant un flux effréné, mais ce ne fut pas suffisant. La tempête sablonneuse nous rattrapa et passa par-dessus nos têtes, nous englobant dans un torrent beige et poussiéreux. Le vent me fit vaciller dangereusement. Il m'était désormais difficile de me tenir debout. Je ne voyais presque plus autour de moi, sauf des grains qui tournicotaient à une vitesse effarante. Ces derniers se faufilèrent dans ma bouche et dans mes narines pour se tracer un chemin jusque dans mes bronchioles, me coupant le souffle. J'avais peine à respirer et j'étais désorientée. Je ne savais plus où j'étais. Ce tourbillon voilait mes sens et j'avançais à tâtons. J'avais l'impression de tourner en rond jusqu'à ce que je sente une main m'enserrer le poignet. La prise était ferme. C'était celle d'un homme et il me tirait sur le côté. Je croyais reconnaître cette texture de peau. Cet épiderme rugueux ne pouvait appartenir qu'à un homme nomade qui bâtissait et chassait de ses mains jour après jour. John.

— Viens! Viens là! Rentre ici! cria-t-il.

Je n'arrivais même pas à voir à un mètre devant moi avec tout ce chaos. Mes tympans captaient toujours aussi fort le sifflement du vent qui déferlait maintenant par bourrasques régulières, comme s'il avait pris le rythme de croisière d'un métronome bien cordé. John me guida aisément et je pus écarter les panneaux en toile fine de notre tente. À ma grande surprise, tout le monde avait réussi à se rapatrier sain et sauf.

— Wow. C'était quoi cette tempête de fou?

— J'en ai vu d'autres. C'est fréquent ces tempêtes. Impressionnant, certes oui, mais on s'y fait rapidement.

— Dans combien de temps on va pouvoir repartir tu penses?

— Probablement demain matin.

— Quoi? Est-ce que j'ai vraiment bien entendu là? s'enquit Olivier avec un ton abrupt, profitant du fait que Lucille n'était plus là pour le sermonner sur sa manière de parler.

— Ouais. On ne peut plus sûr. Il va falloir que tu t'y fasses, mec. On ne bougera pas d'un poil d'ici le petit matin demain.

— À ce rythme-là, on va être rendu là-bas juste l'an prochain. Tu es sûr qu'on ne peut pas tenter le coup? Il faut être persévérant dans la vie! Moi, je le suis en tout cas. Vous allez voir ce que vous allez voir! Regardez bien le maître à l'œuvre.

Désirant prouver qu'il était un homme brave et qu'il avait raison, il remonta la fermeture éclair de notre abri plastifié et disparut derrière. Cela ne prit même pas trente secondes qu'il revint à l'intérieur, les cheveux encore plus alambiqués qu'avant, lui donnant l'air d'un croque-mitaine tout juste bon à effrayer les jeunes enfants.

— Bon bien je pense qu'on va laisser tomber le projet, hein! constata John, qui se retenait pour ne pas rire.

Olivier n'était cependant pas d'humeur à la rigolade. Il se renfrogna, s'éloigna à l'autre bout de la tente et s'assit en nous tournant le dos, silencieux.

Puisque nous avions plusieurs heures à tuer devant nous et que je cherchais un moyen d'occuper mes dix doigts, je me mis en tête de rendre plus douillet notre bastion pour le prochain jour en étendant tapis tissés, coussins capitonnés et draps tissés à même les mains de Lucille. Ce n'était pas le grand luxe, mais après mon passage, l'endroit était un peu plus confortable.

Pendant ce temps, les gars bricolaient quelques jeux de cartes avec le bois que Benjik nous avait donné, convaincu que nous lui trouverions une utilité pendant le voyage. Il savait que la route serait longue et qu'il nous faudrait quelque chose pour nous désennuyer. Sauf qu'après avoir passé des heures au travers de tout l'éventail des divertissements possibles, il fallut se rendre à l'évidence qu'on avait fait le tour du jardin. La journée était passée et la nuit était tombée. Mon paternel nous avait concocté une boisson chaude à base de cacao et de gingembre et nous nous étions installés autour d'une lampe à l'huile, où une toute petite flamme jaune scintillait. L'ambiance était réconfortante, d'autant plus que j'étais couchée sur le dos, la tête posée sur les cuisses de Milan, alors qu'il entremêlait mes cheveux entre ses doigts. La tempête faisait toujours rage au-dehors.

— J'ai entendu dire que tu avais été marié par le passé. Qu'est-ce qui est arrivé à ta femme, si ce n'est pas trop indiscret? interrogea Olivier, à l'intention de John.

Pris de court, il eut un court moment de réflexion, se demandant ce qu'il devait répondre.

— Oui, c'est indiscret. Mais si tu veux réellement savoir comment ça s'est passé, je peux te le dire. Elle est tombée dans un ravin. On l'y a poussée... Elle voulait fuir... Se sauver...

— Pour quelle raison? De qui? renchérit Olivier.

S'apercevant de son hésitation, son père lui tapota gentiment la main sur l'épaule.

— Ne t'en fais pas John. Je m'occupe de tout. C'est moi qui leur raconterai.

Soulagé de ne pas avoir à faire le récit de la mort de sa femme, les traits de John s'apaisèrent pendant qu'il se calait entre deux coussins.

— Avez-vous déjà entendu parler de la légende de la Griffe Noire? siffla Arthur si doucement que mon corps fut agité d'un léger chevrotement de peur.

— La quoi? De quoi parles-tu, là? Ça mange quoi en hiver cette Griffe Noire?

— Ce que veut dire Olivier, c'est que non, on n'en a jamais entendu parler, reformulai-je. Qu'est-ce que c'est?

— Désolé. J'ai parfois tendance à oublier que vous étiez enfermés pendant toutes ces années. Bon, alors voilà. La légende raconte qu'en des temps très lointains, la nuit se serait reproduite avec la lune et aurait donné naissance à la bête la plus ténébreuse qui soit, vous l'aurez compris, la Griffe Noire. Cette créature sort de sa tanière à chaque crépuscule et elle erre dans la nuit à la recherche de chair fraîche pour se nourrir. Personne ne sait vraiment à quoi elle ressemble, car tous ceux qui ont croisé sa route ne s'en sont pas sortis vivants. Elle mutile ses victimes et les abandonne après avoir joué avec elles comme avec une poupée. En guise de cadeau, elle leur laisse une griffe aussi noire que le jais. Naïna, la femme de John, était partie cueillir des baies, seule. En revenant de sa promenade, à la tombée de la nuit, elle a fait sa malencontreuse rencontre. Nous avons trouvé son corps au petit matin le lendemain, au bas d'une falaise. Elle a essayé de se battre pour sa vie, mais ce n'a pas été suffisant.

— Whoa, tu parles d'une histoire! s'exclama Olivier, coupant l'atmosphère glaciale qui s'était installée après le récit tragique. On va espérer ne pas la croiser d'ici notre arrivée chez les Zyronois. Puis, John… Je suis vraiment désolé pour ta femme. Ça a dû être tout un choc.

— Merci. En effet, ça n'a pas été évident sur le coup, mais j'ai remonté la pente tranquillement. Ça va mieux maintenant. J'essaie de ne garder en tête que les bons souvenirs. C'est ce qui me remonte le moral quand je m'ennuie d'elle ou quand je pense à la façon dont elle est morte. Elle était une force de la nature, donc j'essaie de m'inspirer d'elle. Je fais ce que je peux.

L'ébauche d'un discret sourire s'était estampée sur ses lèvres mi-ouvertes, nous faisant croire que de doux souvenirs lui étaient venus à l'esprit. Il paraissait plutôt serein et résigné et ne semblait ni amer ni en colère contre ce coup cruel du destin.

Personne ne trouvant mot à rajouter, le silence s'installa et Alice sonna le glas définitif de la soirée lorsqu'elle éteignit la lampe. Cette fois encore, Milan s'endormit avant moi. Le vent s'agitait toujours dehors et faisait trembler les pans de la tente. Divers débris, comme des feuilles et des branches d'arbres, étaient projetés sur la toile, créant des ombres lugubres dansantes. Mes pensées confluèrent rapidement vers cette Griffe Noire. Ténébreuse et sans pitié. Où se terrait-elle? Était-elle à plusieurs centaines de kilomètres d'ici ou tapie dans l'obscurité, de l'autre côté de cette bâche, attendant son heure et le moment où à mon tour je sombrerais dans le sommeil?

CHAPITRE 22

— Qu'est-ce que tu vois? questionna Arthur.

— Rien. Absolument rien! Sauf un beau ciel bleu. Tout a l'air terminé.

Olivier avait glissé sa tête dans la fente qu'il avait formée dans la tente. De sa main droite, il glissa la fermeture éclair jusqu'en bas et rabattit la toile, forçant les faisceaux solaires à s'insinuer à l'intérieur. Nos pupilles se contractèrent, surprises par cet excès de luminosité. Après qu'elles se soient un tant soit peu acclimatées, je pus aller constater que le temps s'était dégagé dehors. Les cieux étaient exempts de nuage et des rebuts de la tempête d'hier jonchaient le sol un peu partout.

Après un léger goûter, nous reprîmes la route. Plus nous avancions, plus le paysage tendait à prendre d'autres formes. Les vallées sablonneuses devenaient beaucoup plus escarpées et rocailleuses, rendant périlleux chacun de nos pas. Le ciel avait tourné au brun jaunâtre, bien qu'aucun nuage ne se trouvait au-dessus de nos têtes.

— Ça empeste le soufre par ici, pesta Milan.

L'odeur était assez abjecte en effet et montait au nez. Des fumerolles émanaient du sol lézardé.

— Rien de plus normal. Le volcan est tout près, nous prévint Arthur. Faites attention à là où vous mettez les pieds, le sol a des crevasses et la terre tremble souvent.

Comme s'il avait été entendu, le terrain trépida sous nos pieds. En quelques secondes, la roche se fissura et craquela à plusieurs endroits. Je sentis le sol se désagréger sous moi et j'eus tout juste le temps de faire deux pas de côté qu'un pan complet s'effondra devant mes orteils. Une cascade de crevasses se succéda, entraînant dans son sillage plusieurs mètres de roc volcanisé. Malheureusement pour notre cargaison, une bonne partie s'engouffra dans les abysses. L'étendue des pertes était sûrement considérable, mais l'heure n'était pas à en faire l'inventaire. Nos pieds durent se frayer un chemin parmi le grès, forçant un dangereux rapprochement avec la montagne volcanique. L'air était vicié, à peine respirable, et de la suie tombait du ciel, répandant des traces noirâtres sur nos peaux. Le volcan crachait sa colère en déversant son fiel par pulsations. Les coulées de lave arrivées en contrebas se déversaient non loin de nous.

— Je n'ai jamais marché le cul aussi serré! lâcha Olivier de but en blanc en avançant à la manière d'un équilibriste, les bras se balançant de haut en bas sur chaque côté de son corps.

— Pour une fois que je suis d'accord avec toi, rajouta Milan, en proie à ce même drôle d'exercice de contorsion et d'agilité.

Notre marche pour contourner le volcan en éruption dura pas loin d'une heure, et notre avancée était lente et hasardeuse, ralentie par les trop nombreux cratères jonchant la terre.

Nous avions atteint l'autre côté de la montagne, à l'Ouest, à une heure assez avancée de la journée. Une scissure évidente distinguait les deux versants. De ce bord, la végétation se faisait plus luxuriante. Les arbres étaient plus feuillus et massifs à leur base. L'air était gorgé d'eau, moins sec, et les mèches de mes cheveux commençaient déjà à frisotter. Le grondement du volcan s'atténuait à mesure que nous pénétrions plus avant dans la forêt. Maintenant que le danger était derrière nous, une pause était plus que bienvenue. Les muscles meurtris de mes jambes n'en pouvaient plus, étant saturés d'acide lactique. Croulant sous la fatigue, mon corps s'avachit plus rapidement que prévu. Mes genoux fléchirent, ne supportant pas de rester debout une minute supplémentaire, et j'atterris sur le coccyx un peu trop violemment. L'onde de choc se propagea le long de mon épine dorsale et se rendit jusque dans mon crâne. Je laissai échapper un « Aïe » bien senti.

— Es-tu correcte ?

Milan s'était précipité vers moi dès l'instant où mes fesses avaient durement frappé le sol. Son regard était inquiet.

— Oui. Enfin… Oui, je pense. J'ai senti mes jambes me lâcher. Mon dos me fait mal, mais je pense que rien n'est cassé.

— On n'ira pas plus loin pour ce soir. On a assez marché pour aujourd'hui. On va s'installer ici. Ton dos, laisse-moi voir si je peux m'en occuper.

Il s'assit derrière moi et commença à me pétrir les épaules, dérouillant mes muscles au contact de ses mains expertes. Ensuite, il les descendit sur mes omoplates, où il décrivit des cercles avec le bout de son pouce, s'y attardant quelques instants, pour finalement s'occuper de mes lombaires et de mon coccyx. L'endroit étant encore sensible, j'émis un petit couinement. Ses mains se figèrent.

— Ça va. Tu peux continuer.

Il reprit son massage là où il l'avait laissé.

— Loin de moi l'idée de jouer le rabat-joie les amoureux, commença Olivier, mais je n'ai pas de très bonnes nouvelles. On a pratiquement tout perdu dans ce foutu merdier de volcan et de tremblement de terre. Et vous voulez savoir la cerise sur le gâteau? Notre tente est fouttue! Elle s'est envolée avec tout le reste!

— Qu'est-ce qu'on a perdu d'autre? s'enquit Milan, qui me malaxait toujours la peau, ses mains étant presque rendues à la hauteur de mon fessier.

— Tu veux vraiment être déprimé?

— On verra bien. Dis toujours.

— Tu ne pourras pas dire que je ne t'ai pas prévenu. En fait, je pense que ça serait moins long d'énumérer ce qu'il nous reste, donc, tout ce qui se trouvait sur Caya finalement. Quelques couvertures, du sel, du poivre, du blé, des carottes, un sac de riz, une louche, du savon, de la crème à raser... Toutes les petites choses qu'elle transportait sur son dos dans le fond. Si on veut voir le bon côté des choses… On va être affamé, mais propre.

— Franchement, je trouve que tu exagères. Avec un peu de blé, du riz, des carottes, on peut très bien se débrouiller, dis-je. On a l'essentiel.

— Sûrement, mais il va venir un temps où on va se retrouvera à sec…

— Alors on trouvera forcément de quoi manger sur notre chemin.

— Ouais, si tu le dis. Pourvu que le restant du chemin ne soit plus très long et qu'on ne reçoive pas une autre tonne de briques sur la tête. Parce que quand je regarde autour, ça ne me dit rien qui vaille. J'ai un mauvais pressentiment.

— Ce n'est pas plus ou moins menaçant que ce qu'on a connu je trouve.

Ne désirant pas argumenter là-dessus, Olivier se poussa et rejoignit les autres hommes qui essayaient tant bien que mal de nous préparer un nid douillet pour la nuit à venir.

— Comment se porte ton dos ? demanda Milan.

— Mieux. Merci. Et avec une nuit de repos, je serai complètement remise sur pieds.

* * *

— Encore en train de vous prélasser vous deux ? nous cria quasiment dans les oreilles Olivier, dont le visage était suspendu au-dessus de nos têtes. Il est presque dix heures. Allez, bougez-vous. On n'est pas dans un camp de vacances ici. John vient de nous dire que sa piaule n'est pas loin et qu'on peut y être dans environ une journée. Vous vous en rendez compte? De vrais murs, un vrai toit, de vraies chiottes!

John arriva dans l'entrefaite.

— Comme ça, tu habites proche d'ici?

— C'est relatif, mais oui, quand même.

Puisqu'on ne traînait plus autant de matériel, nous reprîmes la route sans trop attendre. La bruine d'hier soir ne s'était pas dissipée, bien au contraire, elle gagnait en épaisseur. La terre que foulaient nos pas était devenue marécageuse. Il fallait faire gaffe où nous mettions les pieds pour ne pas risquer de nous embourber.

— Ne respirez pas les vapeurs, avertit John.

— Pourquoi donc? demanda Olivier, perplexe.

— Elles sont intoxiquées.

— La vallée de l'Ogagogue, murmurai-je.

— La quoi?

— Chut! Fermez-la! Qu'est-ce que j'ai dit à propos de ne pas respirer les émanations? Ça valait aussi pour le placotage.

Je me souvenais vaguement que Lorna avait parlé de cette vallée, mais je ne croyais pas que nous devrions la traverser un jour.

— Toxique de quelle façon? Dans le genre qu'on peut mourir? persista à désobéir Olivier.

— Es-tu sourd? Je viens de te dire qu'il ne fallait pas ouvrir la bouche…

— Il va se passer quoi? renchérit Alice.

— C'est une mutinerie ou quoi! s'impatienta John en pressant le pas.

Leurs chamailleries étaient si distrayantes que j'en avais oublié moi-même les conseils d'Olivier. Depuis plusieurs minutes, mes poumons s'emplissaient de l'air nocif.

— Tu me prêterais la soupière? demanda Olivier derrière mon dos et dont la voix était beaucoup plus rauque et grave qu'à l'habitude, comme si elle parvenait des tréfonds d'une caverne.

— La quoi? Mais de quoi parles-tu tout d'un coup?

En me retournant, mon cœur fit trois tours. Il se tenait là, debout, mais l'aspect de sa silhouette était fort différent. Des lambeaux de peau pendouillaient d'un peu partout sur son corps, laissant entrevoir ses tendons et ses muscles. Du sang et du pus y suintaient. Alice et les autres s'étaient évaporés dans la nature, me laissant seule avec cette réplique ignoble d'Olivier. Ce dernier s'avança vers moi en tendant les bras pour m'attraper. Il grognait et haletait, les yeux sortis de leurs orbites. Je courus le plus vite que mes pieds pouvaient me le permettre, sans jamais jeter un regard en arrière. Au bout d'un court instant, j'étais à court de souffle. Le brouillard, qui avait pris une teinte olive, s'était épaissi. L'émule d'Olivier ne me poursuivait plus, mais l'atmosphère était tout aussi menaçante. La masse nuageuse en suspension s'affaissa sur moi et me prit en étau, me comprimant fortement les cotes. Mon cerveau commença à s'asphyxier, l'oxygène se rendant difficilement jusque dans ma tête. Des voix fortes, mais diffuses martelaient l'intérieur de ma boîte crânienne.

— Mort. Mort! MORT!

Juste au moment où ma conscience se dissipait, la brume cessa ses assauts et se vaporisa aussi rapidement qu'elle était apparue. Le ciel s'était assombri. J'essayais de reprendre mes esprits quand je sentis un souffle chaud me picoter la nuque. La respiration dans mon cou était caverneuse, à faire frémir les petits et les grands enfants. La Griffe Noire se tenait derrière moi. Gröhl n'avait pas su nous la décrire, mais en voyant ses longues serres et sa taille démesurée, il n'y avait aucun doute qu'il s'agissait d'elle. Elle avait trois rangées de dents sur chacune de ses mâchoires, des yeux aussi noirs et ombreux que l'abîme et une longue queue faite de piquants affutés. Sa peau sombre était recouverte d'un enduit visqueux et ses griffes mesuraient une douzaine de centimètres. Elle me toisait avec attention, se demandant sûrement si elle allait m'avaler tout cru, sans cérémonie, ou si elle devait plutôt prendre son temps et jouer avec moi. Elle s'approcha de moi et commença à me humer le dessus de la tête. Je bloquai ma respiration et fermai les yeux, souhaitant qu'elle prenne ses distances le plus rapidement possible. Elle veillait à n'oublier aucune parcelle de mon anatomie, puis elle recula et jaugea de l'effet qu'elle avait sur moi. Je compris assez vite qu'elle attendait juste que je me mette à courir afin de me poursuivre. Je savais que ce serait ma seule chance de fuite.

— Maintenant, à nous deux, monstre, conspuai–je avant de m'élancer à la course.

Je filais entre les nombreux arbres sur ma route, n'ayant pas d'itinéraire précis. Tout ce qui comptait était de la semer, et j'y arrivais d'ailleurs assez bien. Je la devançais d'environ six mètres. La brume jouait en ma faveur, sauf que je n'avais pas prévu qu'à un certain moment, la forêt viendrait à sa fin et que je déboucherais sur une clairière. N'ayant plus rien pour me dissimuler, la Griffe Noire me rattrapa et m'accula au pied de la falaise. Lui faisant face, mes pieds reculèrent jusqu'à ce que je sente le vide sous mes talons. Quelques petites pierres s'égrainèrent et je faillis perdre pied. Je savais que je ne devais pas regarder derrière moi, mais ce fut plus fort que moi. Mes yeux convergèrent vers le précipice. Combien de temps mon corps prendrait-il pour sombrer dans ce gouffre et se briser? Reportant mon regard sur la bête, cette dernière avait la patte droite bien haute dans les airs, exhibant sa griffe sous les rayons du soleil, prête à m'affliger le coup fatal.

CHAPITRE 23

— Hey! cria une voix masculine au loin.

Profitant du fait que la Griffe était distraite, je la contournai et la poussai de toutes mes forces dans l'abysse, où elle dévala la pente lourdement. Son corps bondissait sur le flanc de la montagne et elle alla s'écraser sur un nid de roches calcaires. D'en haut, on ne voyait qu'une masse minuscule, inerte.

J'entendis des pas trotter derrière moi.

— Rien de cassé? demanda John.

Je lui répondis d'un hochement de tête par la négative. Il était en compagnie de Milan qui avait une affreuse mine. Son teint était blême et une coupure de quatre centimètres traversait son front de bord en bord.

— Anna, je ne sais pas trop comment te dire ça..., commença John.

— Cesse de tourner autour du pot, tu veux, lâchai-je, de plus en plus inquiète.

Milan prit la relève.

— La Griffe Noire qui t'a attaquée n'était pas seule. Il y en avait d'autres. On a fait ce qu'on a pu, on s'est défendus et battus… Mais l'une d'entre elles a emmené ton père…

— Qu'est-ce que tu veux dire? Il est… mort?

— Non… Enfin, on ne le sait pas. Elle l'a juste mis sur son épaule et elle est partie.

Sous le choc, mes neurones s'activèrent, essayant de trouver le moyen d'encaisser la nouvelle. Il devait forcément y avoir une erreur. Mon père ne pouvait tout simplement pas disparaître de la sorte, ni même mourir.

— C'est de ma faute. Je m'excuse Anna.

Olivier s'était joint à nous, ainsi qu'Alice et Arthur. Leurs visages étaient attristés.

— Si je n'avais pas fait le con, on n'aurait pas respiré cet air et… rien de tout cela ne serait arrivé.

— Ce qui est fait est fait. On ne peut pas retourner en arrière.

— Il n'est peut-être pas trop tard pour le sauver, affirma Arthur. Elle aurait pu le tuer instantanément, et pourtant, ce n'est pas ce qu'elle a fait. Elle n'a pas beaucoup plus d'avance que nous, alors on peut peut-être la rattraper.

D'un commun accord, nous prîmes la décision de continuer notre route. Je savais que les probabilités de retrouver mon père sain et sauf étaient à peu près nulles, mais l'espoir était l'unique chose qui me permettait de ne pas m'effondrer.

La forêt débouchait sur la maisonnette en bois rond de John. Elle était petite, mais coquette. Avoir eu une vraie maison, c'est dans ce genre d'endroit que j'aurais aimé vivre. Aucun voisin à des kilomètres à la ronde.

— Bienvenue chez moi, déclama-t-il en nous ouvrant la porte de sa demeure. Ce n'est pas un palace, mais au moins, on aura un toit sur notre tête cette nuit.

Les volets des fenêtres de la maison étant fermés, le vestibule était plongé dans l'obscurité. John remédia à cette situation et la lumière inonda la pièce, qui était tout juste assez grande pour que nous puissions tous y entrer. De la tapisserie fleurie ornait les pans de mur, me laissant croire que c'était Naïna qui s'était occupée de la décoration.

— Ici, c'est la cuisine. Là-bas, c'est la salle de bain. Puis, il y a les deux chambres juste à côté, dit John en nous faisant visiter. Est-ce que vous avez faim? Il doit bien me rester une chose ou deux dans le garde-manger ou le réfrigérateur.

Il farfouilla dans chaque armoire à la recherche du Graal perdu et dénicha des biscuits, des pâtes alimentaires et du couscous. Malheureusement, dans le frigo, les recherchent furent moins fructueuses. Les baies et la viande étaient périmées, laissant entrevoir de la mousse à leur surface. Dégoûté, il balança les aliments dans la poubelle, puis retourna à ses placards.

— Je peux t'emprunter ta salle de bain?

— Fais comme chez toi, me répondit-il en remplissant une casserole d'eau qu'il avait prise dans l'un des tiroirs.

Je me pressai de me rendre dans la salle de bain. Tout riquiqui, du carrelage beigeâtre pavait le sol et les murs de la douche. Refermant la porte derrière moi, j'entrepris de retirer chacune des pièces de mes vêtements. Profitant de ce rare moment d'intimité, mes gestes étaient lents, sans presse. J'ouvris le robinet en étain, jaugeai de la température de l'eau, ni trop froide, ni trop chaude, et embarquai dans la cuve d'acier émaillée. L'eau ruissela sur moi et la réalité me frappa. J'étais orpheline. Les fondations de ma vie s'étaient dérobées sans que je puisse les retenir. L'émotion me gagna et je me laissai aller à ma peine, qui devint vite incontrôlable. À la mort de ma mère, j'avais été incapable de pleurer. Le trop-plein que j'avais accumulé avait atteint un niveau critique et me rattrapait aujourd'hui. Mes larmes s'amalgamaient au flot. Pendant dix minutes, je restai accroupie en position fœtale, les mains entourant mes chevilles. Après avoir déversé tout mon soûl, je me savonnai avec lenteur. J'espérais que j'aurais atténué mes yeux rouges et séché mes larmes avant que je ne sorte de cette pièce.

Ma douche terminée, quelqu'un cogna à la porte. C'était John qui tenait dans ses mains un morceau de tissu de couleur ambre.

— Tiens. Elle appartenait à Naïna. Je crois que tu as les mêmes mensurations qu'elle...

Je fis volte-face pour aller l'enfiler. Elle me seyait à la perfection. John avait un bon œil.

— Merci, dis-je en revenant dans le couloir. Ça fait du bien d'avoir quelque chose de propre sur le dos.

— Je ne vais pas dire le contraire. Si ça t'intéresse, je t'ai préparé un plat de pâtes. Ce n'est pas de la grande gastronomie, mais j'ai fait avec ce que j'avais. J'ai rescapé quelques tomates. J'ai aussi ajouté quelques fines herbes qui n'avaient pas trop mauvaise allure.

Il sous-estimait ses talents de cuisinier. Son repas était goûteux. Je mangeais en silence, savourant ce plat qui, pour une fois, n'était pas pris à la va-vite. Les autres avaient terminé de manger et vaquaient à d'autres occupations, sauf Olivier qui grattait son assiette presque vide. La friction du métal sur la porcelaine provoquait un grincement strident très désagréable.

— Peux-tu arrêter de faire ça s'il te plaît? J'ai les dents qui grincent…

— Ouais, pas de problème. Je ne m'en rendais même pas compte. Au fait, Anna, je voulais vraiment m'excuser…

— Pour la fourchette? Ah. Laisse faire. C'est juste agaçant, mais rien de plus. Pas de quoi en faire un drame.

— Non. Non, ce n'est pas de ça que je parle. C'est à propos de ton père… Il comptait beaucoup pour moi… Et sa mort… C'est de ma faute.

— Je te l'ai déjà dit tantôt. Ce n'est de la faute à personne, sauf de cette repoussante créature. Fin de l'histoire.

— Oui, mais si…

— Arrête! Tout ce que tu fais, c'est de tourner le fer dans la plaie. Enlève-toi de la tête la pensée que je puisse t'en vouloir pour ce qui est arrivé. Ça ne changera rien au fait qu'il est maintenant mort. Tes remords ne pourront jamais le faire revenir. C'est fini.

Il y eut un silence de plusieurs secondes. Désirant changer de sujet, j'osai une question.

— Olivier, pourquoi es-tu devenu alcoolique?

— Tu veux savoir ce qu'il y a de drôle? lâcha-t-il en ricanant. C'est que je ne le sais même plus moi-même. L'alcool est le meilleur remède pour perdre la mémoire. Un jour, j'ai commencé, et sans m'en rendre compte, j'étais devenu accroc. Ma bouteille ne m'a jamais abandonné. Elle a toujours été là pour m'accompagner dans tout ce que j'ai vécu. Elle ne me jamais crié après, ne m'a jamais insulté ou trompé.

— Tu oublies May? Je ne pense pas qu'elle ne t'ait jamais fait ça elle aussi. Et je ne crois pas qu'elle aime ça voir son petit-fils se détruire comme ça.

— Non, c'est vrai. Elle n'a jamais voulu que ça arrive. C'est la parfaite grand-maman. Bien que je fasse tout foirer, elle m'aime inconditionnellement. Si je suis entré dans l'armée, c'est parce que Lewis m'y a obligé. Personne dans le bunker ne voulait s'engager, alors… Tu connais ses méthodes. Il a dit qu'il allait la tuer si je n'acceptais pas. Alors je me suis enrôlé. En y pensant bien, je pense que c'est là que ça a commencé. J'ai essayé plein de fois avec le vaisseau de m'enfuir, de partir ailleurs. Chaque fois, je me faisais prendre et il me faisait battre. Quand je pense que j'ai embarqué tellement de familles dans ce guet-apens… Tu sais quoi? Ils étaient mieux où ils étaient, à vivre une petite vie simple et sans vague.

— Mais tous ces gens que tu as sauvés, ils auraient fini par mourir de faim ou de soif chez eux. Là au moins ils ont la chance d'être en vie. Ce n'est pas rien.

— En vie, vraiment? Avec ce dictateur qui se fait un plaisir de nous garder dans son bunker juste pour son petit plaisir de régner?

— C'est sûr que ce n'était pas parfait là-bas. Mais il y a quand même eu du positif dans le bunker, non? Tatiana. J'ai bien vu comment tu la regardais. Tu es amoureux d'elle n'est-ce pas?

— Est-ce que ma réponse est vraiment importante? Elle sera morte bientôt. Ou peut-être que c'est déjà le cas. Lewis a dû s'en occuper quand il a vu qu'on s'était sauvés.

— Elle est encore en vie. Je le sens. Tu pourras lui dire que tu l'aimes quand tu la retrouveras.

Il ne répondit rien. Il avait terminé ses pâtes et était retourné dans ses pensées. Il se leva, repoussa la chaise et s'en alla en me jetant un dernier regard.

CHAPITRE 24

Nous avions passé au total trois jours chez John. Le voyage nous menant chez les Zyronois tirait à sa fin, alors que deux nuits seulement nous séparaient de notre destination. Plus nous cheminions vers les Zyronois et plus la flore s'épanouissait. Ce n'était plus seulement des herbages ou des arbres. De belles variétés de fleurs colorées parsemaient les rebords du chemin sur lequel nous marchions. Je m'agenouillai afin de pouvoir les contempler plus en détail. L'une d'elles attira mon attention, ses pétales étant d'un bleu éclatant.

Nous atteignîmes la crête est au crépuscule. La ville des Zyronois était édifiée en hauteur et sa partie la plus haute s'entremêlait aux cumulus molletonneux. Elle était fortifiée à sa base et elle était presque entièrement construite avec du marbre noirâtre. Deux gigantesques portes d'au moins quinze mètres de haut fermaient la citadelle et un garde nous attendait déjà. Il s'avança vers nous, vêtu d'une armure et d'un casque dont la visière était à moitié abaissée. Il tenait un sceptre noir dans sa main gauche.

— Dites-moi qui vous êtes et la raison de votre visite, ordonna le Zyronois sans émotion.

— Voyons Peetee, tu sais qui je suis! Au nombre de fois que je me pointe ici… Ai-je vraiment besoin de te le répéter?

Devant l'air stoïque de ce dénommé Peetee, John maugréa, mais obtempéra :

— Bah, il y a moi, bien évidemment, John. Mon père Arthur, que tu connais aussi. Ça, c'est Anna et son copain, Milan. Il y a Alice, et celui qui est là c'est Olivier. On vient rencontrer Ismor.

— Et pour quelle raison voulez-vous le voir?

— Ne le prends pas mal, Peetee, mais c'est confidentiel. Si on vient le voir, c'est parce que mes amis ont besoin d'aide.

— Pardonne-moi ma suspicion, John, mais à cette heure-ci, je ne prends pas de risque. Ces temps-ci, on a des drôles de moineaux qui viennent cogner à nos portes. Tiens, comme l'autre soir par exemple. Il y en a un qui s'est présenté juste ici et laisse-moi te dire que c'était tout un numéro! Si tu veux, je pourrais te le présenter.

— Peut-être plus tard. Là, tu nous fais rentrer ou tu nous laisses pourrir sur le porche?

— Oh. Non. Non. Entrez.

Peetee se remua l'arrière-train pour nous laisser pénétrer dans l'enceinte de la cité. Les lourdes portes se refermèrent pesamment sur leurs gonds, imitant le son d'un coup de tonnerre.

À cette heure-ci, le parvis de la capitale entrait en ébullition. Les marchands de rues avaient installé leurs tables et vendaient déjà leurs camelotes aux badauds.

— HUILE DE FOIE DE MYRTADE À VENDRE! HUILE DE FOIE DE MYRTADE À VENDRE! scanda l'un des commerçants. Soyez aussi dur sous la couette qu'une myrtade en rut! Hey! Vous là-bas, vous avez la tête d'un gars qui ne fait pas souvent la bagatelle. Avec mon huile, vous n'auriez plus de problèmes de mollesse dans les culottes. Qu'est-ce que vous en dites? Je vous sers combien de fioles?

Ces questions, il les avait posées à nul autre que Olivier, qui hésitait maintenant entre lui servir la raclée de sa vie ou se désagréger dans le sol en raison de la gêne qui lui rosait les joues. Il ravala sa fierté et rattrapa John et Arthur qui ne s'étaient pas arrêtés de marcher, habitués à fouler ce marché public. Le détaillant haussa les épaules, peu dérangé de se faire planter là une énième fois, et se trouva vite un nouveau poisson à appâter qui passait dans le coin.

Au deuxième niveau de la citadelle, l'atmosphère se révéla beaucoup moins frénétique. Des maisons marbrées étaient alignées en rangées et des lueurs jaunes irradiaient de leurs fenêtres semi-closes.

Les quartiers du roi Ismor se situaient dix niveaux plus hauts. Son château de forme tubulaire s'élevait sur une trentaine de mètres, son sommet étant plus effilé que sa base, comme un dard perçant les nuages. Personne ne gardait l'entrée, qui n'avait pas de porte d'ailleurs. Pour se rendre à l'intérieur, il fallut emprunter un dédale de corridors tortueux et éclairés de torches.

Le passage déboucha sur une immense salle. Deux silhouettes se trouvaient tout au bout. Ils se faisaient face et semblaient discuter. Plus nous nous rapprochions et plus mes doutes se confirmaient. Lorsque nous arrivâmes derrière eux, ils se retournèrent et le cœur me fit trois tours. Il avait le visage émacié et couvert d'ecchymoses, mais c'était bel et bien lui. Je fondis en larmes dans ses bras.

— Papa. Oh, papa! Je croyais que tu étais…

— Mort? Il en faut beaucoup plus pour tuer ton vieux père!

— Mais comment as-tu pu…? T'en sortir vivant?

Les mots avaient eu de la difficulté à sortir de ma bouche.

— Il m'a traîné sur un kilomètre, puis pour une raison que j'ignore, il m'a abandonné, tout simplement. Je ne devais pas être la proie qu'il s'imaginait. J'étais trop mal en point pour vous rattraper. Si la garnison du roi Ismor n'était pas passée par là à ce moment… J'ai eu vraiment beaucoup de chance. Ismor m'a gentiment offert son hospitalité.

Prenant enfin conscience qu'il y avait un autre homme à côté de mon père, je fis le lien qu'il devait s'agir du roi Ismor. Prise d'un sentiment de gêne, je pris mes distances d'avec mon paternel, me tournai vers le souverain et lui fis une révérence, ne sachant trop si c'était une coutume de leur peuple.

— Vous pouvez vous relever Anna. Ici, personne n'est supérieur ou inférieur à quiconque, affirma-t-il en me soulevant avec ses mains étonnement délicates.

Il avait cette peau orangée qui caractérisait si bien tous les Zyronois, à l'exception faite qu'elle était plus blafarde et ridée que celle de ses compatriotes, et ses cheveux étaient incolores. Son dos était légèrement courbé par le poids des années, mais sa stature n'en était pas moins imposante. Quel âge pouvait-il avoir?

— Pour vous répondre, j'ai 364 ans.

Bordel. Il peut lire dans les pensées ou quoi? pensais-je.

— Oui, en effet, je le peux, me répondit-il à nouveau.

— Whoa. Euh… C'est fascinant, mais en même temps… Terrifiant. Je me sens en quelque sorte violée dans mon intimité. Est-ce que tout le monde dans ce royaume est… comme vous?

— Non, ils ne sont pas tous comme moi. Je fais partie d'une lignée très spéciale et très rare. Pour répondre à votre autre question, je peux en effet comprendre toutes vos pensées. Cependant, il m'est aussi possible de les bloquer si je n'ai pas le désir de les entendre. Je suis désolé que vous soyez troublée par mes pouvoirs. Je connais la raison pour laquelle vous venez me voir.

— Oh… Et quelle est votre réponse? Acceptez-vous de nous aider?

— Bien que vous défendiez une noble cause, j'ai bien peur que nous ne puissions vous venir en aide.

— Pourquoi? Je n'ai pas fait des centaines de kilomètres pour me faire répondre que vous ne voulez pas. Mes amis sont en danger! Il faut que vous nous aidiez. Vous êtes notre seule chance. J'ai bien de la misère à comprendre votre décision. Lewis est prêt à tous vous abattre. Vous le laisserez donc faire?

— Si telle doit être notre fin, alors pourquoi vouloir changer le cours des choses? Ce n'est pas forcément une mauvaise chose en soi quand une espèce s'éteint. C'est souvent le début d'un nouveau commencement, d'une nouvelle ère. Si on doit disparaître, alors ainsi soit-il. C'est ce que l'on appelle la sélection naturelle.

— Ce n'est pas de la sélection naturelle que de ne rien faire, c'est de la lâcheté. Vous allez attendre ici tranquillement dans votre château qu'il vienne vous exterminer sans même lever le petit doigt pour sauver votre peuple?

— Nous n'irons pas l'attaquer de front, c'est tout simplement ce que j'ai voulu dire. Nous nous défendrons lorsqu'il viendra sur nos terres. Écoutez, Anna… Je suis prêt à reconsidérer cette position en raison de votre ténacité, de votre courage et parce que vous avez du cœur au ventre. Cependant, ma réponse définitive devra attendre. J'ai besoin de temps pour réfléchir à tous les tenants et aboutissants que cette décision impliquerait sur mon royaume. Dans deux jours, je donnerai un bal masqué en votre honneur. Vous y êtes tous conviés. Je vous ferai part de ma décision à la fin de cette soirée. Vos chambres sont déjà prêtes et Peetee veillera à vous y conduire. Sur ce, je me vois dans l'obligation de prendre mon congé auprès de vous. Je vous souhaite une excellente nuit, chers amis.

À l'heure qu'il était rendu, Peetee nous conduit directement à nos chambres. D'abord celle de mon père, puis celle de John, ensuite vint celle d'Arthur et finalement celle d'Olivier. Il ne restait plus que Milan et moi, Alice ayant décidé d'accompagner mon père.

— Donc nous voici rendus à votre chambre, mademoiselle Anna. J'espère que vous y trouverez tout ce dont vous avez besoin.

Au moment où nous passions le pas de la porte, Peetee nous arrêta Milan et moi en nous barrant le chemin de son bras.

— Désolé monsieur, mais la chambre n'est que pour mademoiselle Anna.

— Mais, pourquoi? Nous sommes un couple…, l'informa Milan.

— Je ne remets pas votre parole en doute. Cependant, je ne fais que suivre les consignes du roi. Comme vous n'êtes pas mariés, il préfère que chacun de vous ait sa propre chambre. Si vous n'êtes pas contents, vous pourrez toujours lui en parler la prochaine fois que vous le verrez.

M'en allant répliquer que ces règles étaient vieux jeu, Milan me donna un léger coup de coude dans le flanc, me rappelant que ce n'était pas le moment de faire des chichis si nous voulions obtenir l'aide que nous désirions. À contrecœur, je souhaitai bonne nuit aux deux hommes et entrai dans ma chambre. Ce n'était donc malheureusement pas ce soir que je retrouverais ses bras. Pour un jeune couple comme le nôtre, cette distance forcée ne faisait qu'accentuer mon désir, qui était déjà à son paroxysme depuis belle lurette.

CHAPITRE 25

— Vous allez prendre lequel? Les deux vous vont très bien je trouve.

— C'est vrai qu'ils sont beaux, sauf que je pense que le noir et blanc est celui que je préfère. Il s'associe mieux avec ma robe.

Dahlia, une dame de compagnie du roi Ismor, était là pour me prêter main-forte en vue du bal masqué de ce soir. Je lui avais bien dit que je me débrouillerais seule, mais elle avait insisté. Elle était assez jolie avec son air élancé et gracieux.

Mon choix final se porta sur le masque noir et blanc qui accompagnerait joliment ma robe cintrée noire au corsage étincelant. Après m'être pomponnée bien comme il le faut, Dahlia m'escorta vers la grande salle où la réception avait déjà débutée.

La pièce était bondée de monde. J'étais en train de me demander comment je ferais pour retrouver les autres avec tous ces gens portant des masques au moment où Alice m'agrippa le bras de sa poigne ferme et froide. Surprise, je faillis déverser sur le sol toute la coupe de champagne qu'on m'avait offerte en arrivant. Elle m'entraîna vers la peuplade de gens masqués. Des valets transportaient autour de nous des cabarets remplis de bouchées et de coupes de boissons alcoolisées. J'arrêtai l'un d'entre eux et pris quelques hors-d'œuvre. Autant qu'il en fallait pour remplir ma paume. Ainsi qu'une nouvelle coupe de champagne, car j'avais terminé la précédente. La veillée ne faisait que commencer et j'étais déjà un peu éméchée.

— Anna, c'est bien toi? Wow! J'ai tellement de chance! Tu es plus que magnifique. S'il n'y avait pas tous ces gens autour…, me glissa Milan à l'oreille en m'enlaçant la taille lorsqu'il me vit. Il portait une chemise en lin blanche ainsi qu'un pantalon noir. Son masque était bourgogne et des spirales argentées l'enjolivaient. Le rosissement de ses joues m'indiquait qu'il n'en était pas à son premier verre lui non plus.

— Ce n'est peut-être pas le moment de proposer ça, mais que diriez-vous d'aller visiter les cachots? proposa Peetee qui était apparu comme un cheveu sur la soupe.

Intrigués par cette proposition, nous étions quelques minutes plus tard dans les escaliers menant au bas-fond du palais. La place empestait le rat mort mouillé et la lumière se faisait rare. Il n'y avait aucun geôlier pour surveiller les prisonniers.

— Vous n'avez pas peur que l'un d'eux s'échappe? demandai-je, intriguée.

— Oh, non, absolument pas. Je vais vous montrer pourquoi.

Peetee nous conduisit vers la salle des prévenus.

— Mais il n'y a rien! s'exclama Olivier. Où sont les barreaux? Comment...?

Aucune barrière physique ne retenait les détenus.

— Je vais vous expliquer l'astuce, lui répondit Peetee avec un grand sourire sur les lèvres, fier de provoquer un tel émoi dans l'assistance.

La raison de son empressement à nous faire visiter l'endroit s'expliquait maintenant aisément. Il était fier comme un paon.

— En fait, poursuivit-il, il y a bien quelque chose qui les empêche de s'enfuir. Chaque cellule est close par un mur invisible. Ismor les contrôle par l'esprit de sa pensée. Lorsque l'un des prisonniers tente de traverser le pas de son cachot, Ismor lui fait oublier pourquoi il veut s'en aller et qui il est. Le détenu prend plusieurs jours à s'en remettre, son esprit étant trop embrouillé. Prodigieux n'est-ce pas?

Mon père acquiesça, ébahi par tant d'ingéniosité, mais il se fit couper dans son élan dithyrambique par le timbre d'une voix inconnue.

— Prodigieux, ça dépend pour qui! Ça paraît qu'on ne vous a jamais joué dans la tête!

Je m'approchai de celui qui avait parlé. Dans la pénombre, je distinguai son menton fourchu, son nez aquilin, ses yeux rouges et ses mains noueuses qu'il promenait sur son visage et dans ses cheveux crépus. Sa stature était imposante et il me dépassait d'au moins trois pieds. Il déambulait nerveusement et s'arrêta net devant moi. La peau de sa figure était couverte de cicatrices. Il respirait bruyamment et sa proximité me rendait nerveuse un tantinet. Il ferma les yeux et entra dans une transe où son corps se mit à se mouvoir doucement. J'avançai un peu plus vers l'avant pour mieux l'observer. Il portait une chemise trop grande pour lui et qui lui arrivait aux cuisses. Blanche autrefois, elle était maintenant si sale qu'elle paraissait brune, et j'avais aussi de la difficulté à déterminer le teint de sa peau, celle-ci étant plus que crasseuse.

— La mort viendra pour vous… lâcha-t-il. Elle viendra lorsque vous verrez la tête de lion… Une tignasse bien dorée et des yeux perçants comme des billes.

— De quoi parlez-vous? Nous allons mourir? Quand ça? questionna mon père.

— Non, seulement la fille rousse. Lorsque la lune sera pleine.

— Et qu'est-ce que quelqu'un dans ton genre peut bien savoir à tout ça? Moi je pense que ce sont des conneries et que tu essaies juste de nous faire peur, railla Milan.

— Pourquoi vous ferais-je peur? Je ne vous connais pas et je n'ai rien à y gagner non plus.

— Non, mais à force de passer vos journées dans ce trou à rat, c'est facile de perdre la tête.

— J'ai toute ma tête! hurla le prisonnier. Vous ne comprenez pas. Elle court un très grave danger. Elle va mourir vous m'entendez! Mourir! Rien ne pourra la sauver!

— Si rien ne peut la sauver, alors pourquoi nous en faire part? Qu'est-ce que ça changera au final? Si vous vouliez nous aider, c'est complètement raté. Ça, c'est bien sûr si vous avez raison. Parce que rien ne dit que ce sera le cas…

Sortant de sa torpeur, l'homme se jeta vers l'avant, les mains prêtes à m'agripper le cou. Les pupilles de ses yeux charbonneux avaient pris de l'expansion. Sur le point de me mettre le grappin dessus, la barrière invisible l'arrêta dans un bruit sourd. Il fut aussitôt projeté à quatre mètres vers l'arrière. Il était maintenant étendu sur la pierre froide, recroquevillé en petite boule, les mains sur sa boîte crânienne, hurlant de douleur. Lorsque ses cris cessèrent, il se remit à baragouiner des paroles incompréhensibles, le corps toujours en proie à de légers spasmes.

— Un meurtrier qui annonce son futur crime; ce n'est certainement pas le crayon le plus aiguisé de la boîte! rigola Olivier. Quelle soirée géniale! Je suis certain qu'on ne se serait pas amusés comme ça si on était restés au bal avec les autres.

Peetee ne semblait pas autant égayé par ce qui venait de se passer, et moi non plus d'ailleurs. Encore sous le choc de cette presque agression, je tremblotais. Et s'il avait raison en évoquant que j'allais bientôt mourir? Et si je signais mon arrêt de mort en essayant d'aller aider mes amis et mon frère?

— Êtes-vous correcte mademoiselle? demanda Peetee, inquiet.

Je répondis par l'affirmative par un simple geste peu convaincant de la tête, le regard toujours fixé sur le corps affalé au sol.

— Je suis vraiment désolé de tout ça... Je savais que Zulu était spécial... mais je ne croyais pas qu'il irait jusqu'à vous dire une chose pareille.

— Ce n'est pas de votre faute voyons.

— C'est quand même moi qui vous ai emmené ici. Et je crois que c'est assez d'émotions pour vous tous ce soir. Venez. Il ne faut pas être en retard pour le spectacle. J'espère qu'on n'aura pas trop remarqué notre absence.

Après avoir regardé une dernière fois mon attaquant, je suivis Peetee et les autres qui s'étaient déjà mis en mouvement. Le théâtre se trouvait au dernier étage du château, donc nous avions une bonne promenade à faire avant d'arriver à destination, ce qui me donna le temps de chasser de ma tête ce qui venait de se passer.

Arrivés tout en haut, la salle était pleine à craquer et nous étions les derniers arrivés. Peetee nous guida à travers les bancs cordés en rangées et nous cheminions avec pour seul éclairage la nuit étoilée. L'orchestre jouait une musique d'ambiance, alors que la foule jacassait encore. Ismor nous accueillit dans sa suite qui se trouvait au balcon, en retrait des autres spectateurs. Du tissu velouté recouvrait les tapis, les murs et le mobilier. En plus d'Ismor, quelques dignitaires étaient déjà installés dans leurs sièges. De la main, il nous invita à nous installer à notre tour. C'est Milan et moi qui avions les places le plus en avant. Peu de temps après, la foule se tut lorsque le rideau se retira. Une femme revêtant une robe rosace à longue traîne entonna un chant lyrique de sa voix soprano. Une ribambelle d'autres chanteurs, danseurs et acrobates firent leur entrée. La première partie du spectacle fila à vue d'œil, et l'heure de l'entracte sonna quarante-cinq minutes plus tard. Tout le monde dans la loge alla se dégourdir les jambes, sauf Milan et moi.

Je devais avoir ingurgité au moins trois verres d'alcool pendant la représentation, en plus de ceux précédemment bus. Je savais que mes jambes ne coopéreraient pas si je tentais un tant soit peu de me lever. Il valait donc mieux que je reste sage sur mon siège.

— Ça va? Ta peau est rouge et humide. On dirait que tu es fiévreuse.

Milan, soucieux, me tapotait le bras et le front.

— Je ne le suis pas. Je suis juste une ivrogne qui n'a pas su s'arrêter quand c'était le bon moment. Il faut croire que Olivier a déteint sur moi; je suis en train d'attraper toutes ses mauvaises habitudes!

— As-tu des nausées?

— Non, pas du tout. Étourdie un peu et les jambes molles, mais ma digestion va très bien, je te remercie. Dis donc, toi, tu n'as jamais songé à devenir médecin? Il me semble que tu es très dévoué à la cause.

— T'avoir comme patiente est déjà un emploi à temps plein. Je trouve que je fais déjà un bon don de ma personne.

— Ah oui, tu crois ça? Et si je te demandais de te donner à moi en ce moment même, qu'est-ce que tu répondrais? Est-ce que tu rouspèterais encore?

— Hum, dur à dire. Il faudrait que je comptabilise tous les pour et les contre pour en arriver à une décision réfléchie, mais j'imagine que je pourrais sans doute me forcer un peu et m'occuper de toi. Comme on dit : à moi les dures besognes!

Je l'attirai à moi par la chemise et l'embrassai à bouche que veux-tu. Ses mains erraient déjà un peu partout sur mon corps, affolant mon désir grandissant. Il abaissa le décolleté de ma robe et y fourra son visage. Sa bouche se mit à mordiller mes mamelons tendus. Mes seins ne demandaient qu'à faire exploser mon corsage pour y gagner leur liberté.

— Tu crois qu'ils vont revenir bientôt? souffla Milan entre deux baisers.

— Il y a de bonnes chances. Il faut faire vite!

Il me souleva de mon siège et me plaqua au mur. Il remonta ma robe, et de ses doigts, il abaissa ma petite culotte. Il glissa la fermeture éclair de son pantalon, puis me pénétra d'un coup sec. Je laissai aller un gémissement qui se perdit dans le torrent des voix de la foule. Ma tête bascula vers l'arrière pendant qu'il me pilonnait de plus en plus rapidement. Il ne s'arrêta que pour aller m'accouder à la balustrade. Le buste contre la rambarde, j'écartai les jambes, le suppliant ainsi de me prendre par-derrière. Ne me faisant pas prier, il enfonça sa verge en moi. Je pouvais voir les gens en bas, mais eux nous voyaient-ils? L'idée qu'ils puissent découvrir ce que nous faisions fit grimper mon excitation d'un cran. Milan m'agrippât plus fermement et il posa sa main droite sur mon cou. Quelques coups de bassin plus tard, Milan déversa sa jouissance et je le joignis en poussant un cri guttural. Mes jambes devinrent molles comme du coton et je manquai de m'effondrer. Milan eut tout juste le temps de poser un bisou sur mon épaule que toute la troupe revint dans la loge. Discrètement, je vérifiai l'état de ma chevelure et de mes vêtements. Notre petite aventure sexuelle semblait être passée inaperçue puisque tout le monde retourna s'asseoir sans faire d'histoire. Tout le monde sauf Ismor. Dès qu'il s'installa, il se mit à me dévisager. Plus je tentais de limiter mes pensées et plus elles convergeaient vers ce que nous venions de faire. Je vivais le moment le plus importun de ma vie.

— À ce que je vois, vous en avez bien profité pendant notre absence.

— Vous m'aviez dit que vous ne fouilleriez plus dans ma tête, lançai-je sur un ton plus embarrassé que réellement irrité.

— Je n'en ai pas eu besoin. Vos pensées étaient si fortes qu'elles auraient pu traverser Zyron au complet. Puisque vous ne semblez pas capable de vous retenir un peu, il serait préférable que vous partagiez la même chambre.

— Êtes-vous choqué?

— Il m'en faut beaucoup plus que ça pour que je puisse l'être. La communion sexuelle entre deux êtres est un joyau à préserver. Cependant, je préférerais que celle-ci se déroule en privé. Je reçois chaque jour de nombreux dignitaires qui viennent d'un peu partout de la galaxie et je ne voudrais pas qu'un incident diplomatique survienne si jamais on vous surprenait en pleins ébats. Voyez-vous, ce n'est pas tout le monde qui est aussi ouvert et libre que moi dans ce domaine. Alors, s'il vous plaît, à l'avenir, soyez discrets.

— Je vous le promets. On ne recommencera pas. En ce qui concerne notre guerre, avez-vous pris votre décision?

— J'avais dans l'intention de vous faire part de ma décision à la fin de la pièce, mais comme la patience ne fait pas partie de votre vocabulaire et que la soirée est presque terminée, je peux bien vous dire que j'accepte de vous aider. À une condition cependant. Si jamais vous obtenez la victoire et que vous survivez, j'aimerais que vous deveniez mon bras droit. J'ai besoin de femmes comme vous dans mon conseil. Je suis d'avis que notre monde se porterait mieux s'il y avait plus de femmes de pouvoir.

— Et c'est tout en votre honneur. J'accepte de vous aider, même si je ne connais rien à la politique.

— Vous en connaissez plus que vous ne le pensez. Vous vous êtes présentée à moi, un parfait inconnu, et vous vous êtes imposée comme porte-parole. Vous avez toutes les qualités d'une leader. Vous réussirez haut la main j'en suis certain.

Touchée par cette marque de confiance, je lui rendis le sourire dont il me gratifiait. Un élan de confiance s'empara de moi.

La pièce se termina une heure plus tard. La nuit étant déjà bien avancée, tout le monde alla directement se coucher, et bien sûr, Milan m'accompagna dans ma chambre ce soir-là.

CHAPITRE 26

— Alors quel est le plan maintenant ? On fait quoi ? demanda Milan devant la petite assemblée tout ouïe.

La réunion se déroulait à huis clos, et seuls Ismor, Peetee, les principaux généraux de guerre de Zyron, Milan, Olivier et moi étaient présents. Nous étions tous attablés autour d'une grande table de verre ovale. Ismor nous avait convoqués dès le lendemain de notre soirée masquée.

— Je crois que votre situation requiert une action hâtive, alors nous ne perdrons pas de temps. Nous partirons dans trois jours. Ce sera amplement suffisant pour nous permettre de nous préparer pour le voyage et pour la bataille qui suivra. Nous volerons jusqu'à votre bunker avec les myrtades ; le déplacement sera moins long qu'à pied.

— Voler ? s'interrogea Olivier, un sourcil en l'air. J'ignorais qu'elles le pouvaient…

— En effet, monsieur Hardy, elles le peuvent. Les myrtades sont de brillantes alliées dans nos combats et dans notre vie de tous les jours. On leur en doit beaucoup.

— Et on va s'y prendre comment pour rentrer dans le bunker sans être repérés ? demandai-je.

— Moi je sais comment, annonça Olivier. Il y a une entrée secrète qui a été condamnée il y a de cela quelques années. L'accès mène à des passages souterrains. Je peux vous dessiner si vous voulez. Ça vous aiderait à les visualiser.

Olivier saisit le crayon et la large feuille de papier qu'un des généraux lui tendait. Trente minutes plus tard, notre plan d'action pour l'invasion était au point et Ismor en appelait de la dissolution de la réunion.

Nous passâmes nos trois derniers jours chez les Zyronois à peaufiner notre stratégie et à faire le plein de bons repas et de sommeil. À l'aube du troisième jour, après un petit déjeuner copieux, les myrtades nous attendaient au pied de la citée. Il y en avait une pour chacun de nous et cinq pour transporter nos bagages et nos vivres. Ces dernières pâturaient paisiblement, profitant d'instants de calme avant le départ imminent. Arthur et John ne nous accompagneraient pas pour la suite de notre périple, Ismor ayant besoin d'eux pour la collecte des taxes.

Installés sur nos montures, Ismor donna le signal de départ. Les myrtades sautèrent sur l'occasion de se dégourdir les pattes et piochèrent le sol pour prendre leur élan. Mon souffle se coupa tandis que nous montions très rapidement en haute altitude. Le ciel était clair et la lumière du soleil éblouissante. Par réflexe, je fermai mes yeux, pour ne les rouvrir que quelques secondes plus tard. Les myrtades avaient terminé leur ascension et avaient adopté leur rythme de croisière. Leur fourrure était si duveteuse que je me surpris à sommeiller sur le large dos de la mienne. Lorsque je me réveillai, plusieurs heures plus tard, nous avions atteint le territoire longeant le bunker. Les myrtades réalisèrent quelques tours avant de finalement se poser à l'endroit qu'avait décrit Olivier. La porte était pratiquement tout enterrée par le sable et il fallut plisser les yeux pour voir une poignée en émerger. Puisqu'il était le connaisseur de la place, ce fut lui qui prit la tête en s'engageant dans le tunnel. Lorsque ce dernier se referma derrière nous, les ténèbres nous enveloppèrent. Plus rien n'était distinguable aux alentours. Nous n'avions pas d'autre choix que d'avancer les mains liées les unes aux autres. Cette avancée dans l'obscurité dura une dizaine de minutes, puis une lueur s'immisça dans le souterrain. À partir de ce moment, il fut beaucoup plus aisé de progresser dans les souterrains. Les seuls sons que nous entendions à cette profondeur étaient le ruissèlement émanant de la plomberie et le couinement d'une souris qui cherchait son prochain repas fromagé. Elle faisait frétiller son petit museau et bougeait de manière saccadée. Lorsqu'Olivier eut le pied plus pesant, faisant résonner plus fortement le béton sous lui, le rongeur prit peur et trouva refuge dans une cavité formée dans le bitume.

À l'approche des cellules de l'armée, curieusement, aucun prisonnier n'y séjournait, l'endroit étant totalement désert. Il y avait un peu plus d'action dans les laboratoires. Nous avancions accroupis, par petits groupes, de bureau en bureau. J'entendis une voix familière. Une voix réconfortante que j'avais presque oubliée. Prenant un risque, je me relevai afin de regarder dans le hublot du laboratoire. Émilien était là, seul. Il avait le dos tourné et semblait laver quelques instruments médicaux. Mon nez accoté sur la vitre produisait une légère bruine blanchâtre. Je sentis une main m'empoigner le bras.

— Baisse-toi, il va te voir, m'avertit Milan pendant que je reprenais ma position initiale.

Sentant sans doute une présence derrière lui, Émilien se retourna vers nous. Il cherchait des yeux s'il y avait quelqu'un qui l'observait, et pendant un instant, j'eus peur qu'il nous ait entendu Milan et moi. Son regard était teinté de tristesse et il semblait sur la défensive, en proie à une peur d'être surpris en train de faire un mauvais coup. J'eus l'impression qu'il avait été très sévèrement puni pour m'avoir aidée et je me sentis coupable de lui avoir infligé ce fardeau en l'abandonnant à son sort. J'avais une envie irrépressible d'aller à sa rencontre, mais nous devions poursuivre notre route. L'heure fatidique approchait et le groupe m'attendait de l'autre côté de la porte. Plus nous cheminions et plus nous placions nos hommes à des endroits stratégiques. Les derniers à être postés furent Ismor, Olivier, Milan et moi. Nous étions la première ligne de défense et les premiers à partir à la bataille. Je m'installai dans la chaufferie, qui était tout juste à côté de la grande place centrale, là où aurait lieu l'annonce du vainqueur des élections. L'équipe de Lewis décorait déjà la salle de banderoles à son effigie, convaincue qu'il obtiendrait la victoire. L'air chaud se dégageant des chaudières m'échauffait le sang, et sans que je sache le prévenir, je sombrai dans le sommeil pour me réveiller plusieurs minutes plus tard. Lorsque je vis où en étaient rendus les préparatifs, je sus que j'avais dormi plus d'une heure. Non seulement les murs avaient fini d'être décorés, mais les tables étaient toutes installées et enguirlandées, prêtes à recevoir les convives. Les rétroprojecteurs fonctionnaient déjà et je fus étonnée d'y voir toujours affichée mon image. Étais-je encore dans la course malgré mon évasion? Lewis avait visiblement quelques surprises à nous réserver et mon stress s'en trouva augmenté.

Les habitants du bunker firent leur entrée vingt minutes plus tard. Ils s'installèrent autour des tables rondes en plastique qui leur étaient réservées. Les nababs firent leur entrée peu de temps après. On leur avait gratifié de sièges en bronze et en retrait sur un promontoire. Des coupes de champagne leur étaient offertes. Les candidats à la présidence, mes compétiteurs, furent les derniers à prendre place sur l'estrade qui leur avait été réservée. Lewis arborait son attitude hautaine habituelle, accompagné de sa potiche de femme. Il revêtait son plus beau costume d'un vert sauge avec broderies en or sur la devanture de son veston. Des boutons de manchette argent parementaient les manches de sa veste. Le maître de cérémonie annonça à la foule que l'annonce des résultats électoraux débutait à l'instant. Sans surprise, Lewis fut déclaré vainqueur du suffrage. Sa nomination fut accueillie froidement, car seulement les applaudissements de ses supporteurs fusèrent. Lewis fusilla l'assemblée d'un seul regard et cette dernière acclama avec fracas le nouveau souverain sous la seule menace de futures représailles. Le présentateur céda sa place au gagnant sur sa tribune.

— Mes amis. Mes chers et précieux amis. Voilà que vous m'octroyez aujourd'hui cette victoire écrasante. Je ne saurais vous remercier assez de me permettre d'être à nouveau votre dirigeant pour les années à venir. Je crois que ces résultats démontrent le travail plus qu'excellent réalisé par mon équipe et moi. Depuis quelque temps, nous vivons des moments difficiles, des divisions au sein de notre belle communauté. Certaines personnes ont cru bon de défier notre autorité et de remettre en question nos pratiques. Ces personnes vous ont menti. Si le bunker tient encore debout aujourd'hui, c'est uniquement grâce à nous, uniquement grâce à moi. De par mes décisions, j'ai réussi à garder à flots cet éden. J'ai nourri vos estomacs et ceux de vos petits. Je vous ai procuré électricité, chaleur et sécurité contre les dangereux Zyronois. Je vous ai procuré tout ce dont vous rêviez. Tout ça, je l'ai fait car je vous considère comme mes enfants. Le père que je suis est très fâché de savoir que ces indésirables, ces aloyaux, se trouvent parmi nous ce soir. Je suis certain également que vous voulez tous voir leur visage de traîtres. Anna, je sais que vous êtes ici. Avec nos caméras de surveillance, nous avons pu vous voir ramper dans nos tunnels comme de petits vers de terre importuns. Montrez-vous. Montrez votre visage afin que tout le monde ici présent puisse réaliser l'ampleur de votre trahison.

Mon cerveau était sous le choc, pris dans un étau de glace, incapable de penser, et encore moins capable d'ordonner le moindre agissement au reste de mon corps. Après un autre rappel de Lewis à sortir de ma cachette, je pris mon courage à deux mains et décidai d'aller rejoindre sur la scène celui qui m'avait jadis torturé.

Lewis me regardait d'un air triomphant, fier d'avoir abattu sa proie. Arrivée sur scène, il poussa même son arrogance en m'accueillant à bras ouverts pour me faire la bise. Ses ongles affilés pressaient l'épiderme de mon bras si fortement que j'en ressentais une douleur jusqu'à la moelle de mes os.

— Alors, mademoiselle Amaryllis, comment vous sentez-vous d'avoir abandonné vos électeurs pour aller fraterniser avec l'ennemi? Ils sont là avec vous, n'est-ce pas? Vous avez emmené ici les Zyronois? Vous êtes venu nous exterminer, pas vrai?

Envoyant un signal de la main, les militaires sous sa gouverne arrivèrent de l'arrière de la salle. Trois d'entre eux poussaient vers nous des gens avec une cagoule sur la tête et des menottes aux poignets. Lorsqu'ils furent arrivés à côté de lui, Lewis leur enleva leur capuchon. Avec stupeur, je découvris que ces prisonniers n'étaient nul autre qu'Ismor, Olivier et Milan. Triomphant, Lewis se mit à s'esclaffer en tapant des mains. De la bave postillonnait même de sa bouche qu'il claquait à répétition. Je me mis soudainement à trembloter. Il avait gagné. Il n'y avait plus rien à faire; nous étions cuits. Comment arriver à nous sortir d'un tel pétrin? J'essayais tant bien que mal de cacher ma panique à Lewis, car je savais qu'il se nourrissait d'elle et qu'il n'attendait que cela.

— Et maintenant Anna, on fait moins les malignes n'est-ce pas ? Comment se sent-on lorsqu'on est cernée jusqu'au cou ?

Je restai muette. Lewis me présenta un bocal rempli d'une eau visqueuse et boueuse. Je pris quelques secondes pour réaliser qu'à l'intérieur se trouvait une tête. Celle d'un humain. Celle de mon ami Bryan. Je mis mes deux mains sur ma bouche, horrifiée. Incapable d'en supporter plus, je me détournai de cette horreur. Lewis se remit à rire fortement, s'étouffant presque dans ses spasmes. Après de trop longues minutes d'hilarité qui me parut des heures, Lewis reprit son sérieux.

— Une ère nouvelle est à nos portes. Le bunker ne sera désormais plus notre limite. Un nouveau monde nous attend à l'extérieur. Celui-là même que les Zyronois nous ont pris. Il est maintenant temps que nous reprenions nos droits sur eux.

Un roulis fusa des claveaux, et je sus à cet instant que le plan de Lewis s'était amorcé. Un embrun blanc commençait à se diffuser dans l'atmosphère et les personnes se trouvant sous la source de contamination se tordirent de douleurs. La panique se répandit partout dans la pièce. Un cri féminin résonna au travers de tout ce brouhaha et je reconnus ce timbre de voix. C'était Tatiana qui scandait mon nom dans un élan de désespoir. Je profitai de la diversion créée par le chaos pour envoyer un crochet du droit à Lewis qui ne vit pas mon coup venir. Il s'affala sur le sol, sonné. Je réservai le même sort aux sentinelles qui détenaient Milan, Ismor et Olivier.

Le brouillard nous avait presque atteints lorsque nous enfilâmes les masques protecteurs que nous avions pris soin d'emmener dans nos poches. Il était maintenant beaucoup plus difficile de voir où nous marchions et le poison avait déjà fait son effet sur une bonne partie des civils. Mes sens étaient en éveil et j'étais prête à me défendre. Après avoir marché à tâtons dans une direction inconnue, un homme se jeta sur moi. Ce dernier devait bien peser une tonne. Il tenta de me mordre, mais je réussis à l'esquiver. Je le semai et courus jusqu'à une porte battante qui me mena à nouveau dans la chaufferie. J'y découvris une Tatiana amochée qui reposait au sol. Je m'agenouillai tout de suite auprès d'elle et pris sa tête entre mes mains. Un filet de sang coulait de son front. J'apposai deux de mes doigts sur son cou pour vérifier si le pouls était présent et je fus rassurée de sentir de petites pulsations sous mon index.

— Réveille-toi, Tati. Allez, réveille-toi!

— Mademoiselle Amaryllis, comme il fait bon de vous revoir. Il faut croire que nous sommes destinés à toujours nous retrouver l'un et l'autre, dit une voix trop familière.

Lewis me tenait en joug en pointant son arme vers moi. Il était accompagné de sa femme et de sa fille, Sarah, qu'il tenait de sa main libre. Instinctivement, je pointai mon arme vers lui, prête à tirer.

— Allons, Anna. Vous ne feriez pas ça, n'est-ce pas? Vous êtes quelqu'un de bien. Pensez-y. Tuer quelqu'un, ce n'est pas dans vos principes.

— Tuer quelqu'un comme vous ne me ferait pas un pli. C'est tout ce que vous méritez.

— Vous croyez? Baissez votre arme ou vous pourriez le regretter.

— Jamais. Laissez-moi sortir Tatiana. Elle a besoin de soins.

— Personne ici ne sortira d'ici tant que je ne l'aurai pas décidé.

Sans crier gare, il tira à bout portant sur la tempe de sa femme qui s'effondra par terre. Du sang s'écoula sur le bitume qui se teinta de rouge.

— Merde! Vous venez de tuer votre femme?

— Peut-être bien. C'était une connasse de vieille peau sans importance qui ne pensait qu'à ses cheveux bien placés. Elle ne m'était plus d'aucune utilité. Alors vous me croyez maintenant? Personne, sauf moi, ne sortira d'ici vivant.

— Alors je présume que vous ne voyez aucun problème à ce que je tue Sarah?

Je déportai la trajectoire de mon fusil sur sa fille. Pour la première fois ce soir, je le vis décontenancé. J'avais trouvé sa corde sensible. J'avais réussi à le déstabiliser. Peut-être même trop, car il pressa la détente. Lorsque mon corps frappa le sol, mon coup était déjà parti. Lewis tomba à son tour. Avant que ma vision ne se voile d'un rideau noir, je remarquai au mur une toile. La dame qui était peinte avait une tignasse bien dorée. Ses yeux étaient perçants comme des billes, exactement comme la vision du fou qui m'avait été prédite quelques jours plus tôt. Je sus alors que mon heure était arrivée.

CHAPITRE 27

Si la mort ressemblait à ça, ce n'était pas si mal. Ma douleur avait disparu et mon corps était plus léger. Je flottais sans destination dans l'espace intersidéral. Une nébuleuse colorée d'orange et de turquoise tendait ses bras diffus pour m'engloutir. La peur aurait pu m'envahir, mais je ne ressentais que de la paix et un sentiment de bien-être. Un son vint troubler cet équilibre. Ce fut d'abord un murmure, qui se transforma par la suite en chuchotement. J'arrivai à distinguer une bribe de mots.

— Tu crois qu'elle est en train de se réveiller? Ses yeux bougent sous ses paupières.

C'était la voix de Milan. Je n'étais pas morte. Doucement, j'entrouvris un œil, suivi du deuxième. L'intérieur de ma boîte crânienne fut fracassé par une douleur foudroyante, m'avertissant qu'il était peut-être trop hâtif d'ouvrir les yeux.

— Ne force rien. Prends ton temps, souffla mon paternel de l'autre côté du lit.

— Où est-ce qu'on est? Qu'est-ce qui s'est passé? Lewis... Il m'a tiré dessus? Je croyais être morte...

— Tu es en effet passée proche de mourir. Sans les bons soins d'Ismor, tu y serais sûrement restée. Tu es restée deux semaines dans un coma artificiel.

— Il en faut beaucoup plus pour tuer la grande Anna, rajouta mon copain qui flattait affectueusement mon avant-bras.

— Et Lewis? Est-il…

— Mort? Non, répondit Milan de but en blanc. Ta balle a atteint son poumon, mais il s'en est sorti. Il est à l'infirmerie de la prison.

— Et tout le monde? Qu'est-ce qui est arrivé après ma perte de conscience?

— On a réussi à prendre le contrôle de l'armée de Lewis. Ils se sont rendus sans faire trop de chichi. On a ramené les survivants ici à Zyron.

— Comment va Olivier? Tatiana? Mon frère?

— Olivier se porte comme un charme. Il est bien fier de dire que c'est grâce à lui si on a obtenu la victoire grâce à ses fameuses connaissances du terrain. Enfin, tu sais comment il est… Tatiana n'avait reçu qu'un léger coup sur la tête, assez pour l'assommer, mais elle a été remise sur pied assez rapidement. Elle a très hâte de te revoir. J'ai pratiquement dû l'attacher à une chaise pour l'empêcher de venir ici avec nous. Émilien aussi a hâte de te voir. Et Sun… Elle ne s'en est pas sortie… Jia va bien, quoique triste bien évidemment. Quant à ton frère… Il est en vie, mais… il a été blessé pendant la bataille. Il a perdu une jambe dans l'explosion d'une grenade. À l'heure où je te parle, il est dans la chambre à côté de la tienne. Il a repris ses esprits et est redevenu lui-même, comme tous ceux que nous avons pu sauver.

— Je veux aller le voir.

Je tentai de me lever de mon lit d'hôpital, mais mes jambes flageolantes plièrent sous l'effet de mon poids et Milan dû me rattraper de justesse. J'avais peut-être exagéré mes capacités de récupération.

— Wooo madame. Pas si vite. Tu dois te recoucher et te reposer. Tu viens juste de sortir du coma! Ce n'est pas demain la veille que tu pourras à nouveau faire un marathon. Ton frère pourra comprendre. Il attendra.

— Je vais aller prendre de ses nouvelles et revenir te voir ma chérie, affirma mon père. Prends soin d'elle, rajouta-t-il à l'égard de Milan.

Une fois son beau-père sorti de la chambre, Milan prit place sur le lit à mes côtés. Son sourire était teinté d'un air malicieux.

— Pourquoi souris-tu comme ça? On dirait que tu planifies un mauvais coup.

— Parce que je sais quelque chose que tu ne sais pas encore.

— Quoi donc?

— Essaie de deviner.

— Ah non… Tu sais que je déteste les devinettes et que je ne suis pas patiente pour deux cents.

— Essaie quand même.

— Si tu insistes… Olivier a décidé d'aller de l'avant pour un changement de sexe?

— Ça, ça a très peu de chance d'arriver un jour.

— Donc c'est quoi la nouvelle? Cesse de me faire languir! Ce n'est pas quelque chose de grave toujours?

— Non, du tout. Au contraire même. Je dirais que c'est très positif.

— Wow. Je n'ai vu personne tourner autour du pot comme ça.

— On va être parents, Anna. Tu es enceinte.

La première réaction qui me vint fut de rester silencieuse, mon cerveau endommagé tentant d'analyser cette information.

— Tu n'es pas sérieux là? Comment est-ce possible?

— Des contraceptifs étaient donnés à toutes les femmes du bunker par les injections que vous receviez tous les mois. Comme on s'est enfuis il y a de cela plusieurs semaines... L'effet a disparu. Quand on a fait l'amour l'autre fois au théâtre... il n'y avait donc plus aucune protection.

— Mais ce n'est pas trop tôt pour le savoir? Il me semble que ça vient juste d'arriver...

— La technologie est maintenant suffisamment avancée pour le détecter quand la fécondation vient de se faire... Même qu'ils m'ont annoncé que nous aurions une petite fille. Tu t'imagines? Après tout ce qu'on a traversé dernièrement.

— C'est un baume sur le cœur. Crois-tu qu'on pourrait également adopter Jia? Elle n'a plus de maman... Je refuse de la laisser seule. Je sais ce que c'est que d'être une orpheline.

— C'est une très bonne idée. Faisons-le.

Il emprisonna ses lèvres sur les miennes. Je pris les jours suivants pour me reposer. Tout le monde s'occupait bien de moi. Milan était à mon chevet à toute heure du jour et de la nuit. Mon père était également très présent et il en profitait toujours pour me donner les dernières nouvelles de mon frère et du royaume de Zyron. Ce ne fut qu'au bout d'une semaine qu'Ismor vint à ma rencontre. Il était de nouveau habillé de ses habits royaux et il avait retrouvé sa prestance habituelle. Son corps n'affichait aucune marque de la bataille qui avait eu lieu.

— Bonjour Anna. Vous avez l'air de vous porter mieux.

— Oui, je vais bien, merci.

— Le médecin m'a prévenu que vous pourriez sortir de l'infirmerie d'ici ce soir. Lewis a demandé à vous voir…

— Ah oui? Et bien, je ne tiens pas tant que ça à voir celui qui m'a presque tuée…

— Je comprends ce sentiment. L'âme de Lewis s'est perdue en chemin et il est allé dans la noirceur. Mais tout être mérite qu'on lui pardonne ses gestes. Vous devez comprendre qu'il est devenu ce qu'il est car il a sans doute éprouvé beaucoup de souffrance dans sa vie. Lui donner son salut l'aidera à retrouver une paix intérieure. Le ressentiment n'a jamais rien apporté de bon.

— Je pourrais peut-être aller le voir… Juste quelques minutes, pas plus. Sur un autre sujet… Qu'est-ce qui va arriver avec mon peuple? Vous n'avez sûrement pas assez de place pour une centaine de personnes supplémentaires ici.

— Ne vous en faites pas avec ça. Vous pouvez rester aussi longtemps que vous le souhaitez. Vous êtes les bienvenus. D'ici quelques semaines, on débutera un chantier pour vous construire votre propre village à quelques kilomètres du château.

— Merci de tout faire ça pour nous. Merci de nous faire confiance. Sans vous, je ne pense pas qu'on aurait réussi à sauver mes amis.

— Ce n'est pas grand-chose. Vous êtes de bonnes personnes. Vous ne méritez pas de mourir comme peuple. Grâce à ça, il y aura un petit être qui pourra voir le jour bientôt. Félicitations pour votre grossesse. Vous serez une excellente mère j'en suis certain.

La conversation s'acheva sur ces paroles de réjouissances. Ismor s'en alla et j'entrepris aussitôt de préparer ma sortie imminente. La première chose que je fis en quittant ma chambre fut d'aller voir mon frangin. Il était allongé sur son lit et sa tête était tournée vers l'aquarium au fond de la pièce. Elle était remplie de poissons tous plus bizarres les uns que les autres.

— Salut. C'est moi.

J'anticipais cette réunion après plusieurs semaines de voies séparées. Quand il m'entendit parler, il se retourna. Son visage était couvert d'ecchymoses et d'éraflures. Je ne puis faire autrement que de regarder son absence de jambe sous les couvertures bleu pâle. Il avait bien du mal à camoufler son envie de pleurer, ses yeux étant remplis d'eau.

— Tu le sais que t'as pas à être gêné avec moi.

Je n'avais même pas fini ma phrase qu'il éclata en sanglots. Je le collai contre moi en le berçant et en lui flattant la nuque et les cheveux.

— Je suis désolée. Je suis tellement désolée de ne pas avoir été là avec toi quand c'est arrivé... Ou de ne pas avoir pu empêcher que tout ça t'arrive.

— Ce n'est pas de ta faute. C'est à cause de lui...

— Je sais... Paraît qu'il veut me voir...

— Tu n'iras pas j'espère? Après tout ce qu'il nous a fait. Qu'est-ce qu'il peut bien vouloir? Qu'il croupisse en prison et qu'on perde la clé à jamais.

— Je souhaite la même chose, mais Ismor pense que c'est une bonne idée que d'aller lui parler. Allez savoir ce qu'il veut me dire.

Le restant de notre entretien fut banal. Je lui racontai tout ce que j'avais vécu ces dernières semaines et lui annonçai que j'allais être mère dans quelques mois. Il fut ému de pouvoir endosser le rôle d'oncle dans un futur somme toute rapproché.

Le soir tombé, je respectai ma parole envers Ismor et allai faire une petite visite à Lewis. À cette heure, plusieurs prisonniers dormaient. Lewis était assis au fond de son cachot, les bras sur ses genoux et la tête accotée sur le mur derrière lui. Il fredonnait une chanson dont je ne reconnaissais pas la mélodie. Lorsqu'il m'aperçut, il se leva et se déplaça vers moi. Sa respiration était sifflante et quelque peu difficile. Un rictus se dessina sur son visage lorsqu'il arriva à ma hauteur.

— On ne m'a pas menti à votre sujet. Vous êtes bien vivante. J'ai manqué mon coup. Il semblerait que vous ayez un ange gardien pour vous protéger.

— Je suis tout autant désolée que vous de vous savoir encore en vie. J'espère que vous croupirez ici longtemps.

C'est bien la seule et unique fois que vous me verrez ici. D'ailleurs, je ne sais pas pourquoi vous teniez tant à me voir.

— Je voulais voir de mes propres yeux que vous étiez toujours en vie.

— Et bien maintenant que vous m'avez vu, je ne me sens plus obligée de rester.

S'il avait pu m'attraper, il l'aurait fait à cet instant. Ma déclaration avait soulevé un vent de panique chez lui.

— Attendez! Je… ne partez pas. Je me sens si seul ici… Vous êtes la seule qui peut me donner des nouvelles du monde extérieur. Les autres, les Zyronois, c'est tout juste s'ils me parlent. Faites-moi savoir si ma fille va bien. C'est tout ce que je demande. Après je vous laisserai tranquille et vous n'entendrez plus jamais parler de moi. Est-ce qu'on lui a fait du mal? Où est-elle?

— On m'a dit qu'elle était avec les autres survivants du bunker, mais je n'en sais pas plus que ça. Je viens juste de sortir de l'hôpital après deux semaines de coma, donc on s'entend que j'ai perdu un peu le fil des événements.

Sa face s'apaisa après avoir poussé un long soupir de soulagement. Je lui fis sèchement mes adieux en souhaitant ne plus jamais avoir affaire à lui. Cette fois-ci, il me laissa partir, rassuré de savoir que Sarah était en sécurité.

* * *

Les semaines passèrent et Ismor tint promesse. Huit semaines après notre victoire sur Lewis, notre village était entièrement construit et fonctionnel. La première chose que je fis en y entrant fut de m'accroupir par terre et de toucher l'herbe sous mes doigts. J'étais heureuse de constater que mes actes avaient servi à quelque chose. Les Terriens pourraient enfin avoir une vraie maison. Ils pourraient respirer enfin le grand air. Ils pourraient vivre en paix et faire des projets pour l'avenir. L'espace avait été bien aménagé et comportait plusieurs îlots de végétation. Aujourd'hui, c'était jour de fête pour tous les expatriés du bunker et l'alcool coulait à flots. Dans l'euphorie, Olivier avait enfin décidé de déclarer sa flamme à Tatiana. Cette dernière lui était instantanément tombée dans les bras.

Ma grossesse se déroulait à merveille. Mon ventre s'était arrondi et j'éprouvais peu de symptômes. L'agression de Lewis ne m'avait laissé aucune séquelle et je m'étais bien remise de mes blessures. Jia, bien que triste, avait accepté avec grand soulagement que nous devenions ses parents adoptifs.

Vers minuit, un escadron appartenant à Ismor interrompit les festivités.

— Mademoiselle Amaryllis, Ismor désire vous voir de toute urgence, m'avertit Peetee le souffle court. Il est arrivé quelque chose. Abraham Lewis s'est évadé en compagnie d'autres prisonniers.

Ne tardant pas, je propulsai quelques vêtements dans ma valise. Je partis en compagnie de Milan qui veillait encore plus au grain depuis que j'étais enceinte. En une heure, nous étions rendus aux portes de la forteresse.

— Il s'est enfui? Comment cela a-t-il pu arriver? demandai-je à Ismor qui m'attendait lui-même au portillon.

— Il a profité du stratagème orchestré par Zulu pour s'enfuir avec lui. Quatre autres détenus les ont suivis. Ils ont tué tous ceux qu'ils ont croisés dans leur fuite. Ils sont armés et dangereux.

— Mais je croyais que les défenses étaient indestructibles.

— Il faut croire qu'il a réussi à les percer et à déjouer les gardes. J'ai déjà dépêché une équipe pour aller les retrouver. Ils partent dans une heure au plus tard.

— Je les accompagne.

— Non. Il n'en est pas question. Vous n'êtes pas en état de faire un tel voyage.

— Je suis enceinte, pas handicapée. Je suis plus qu'en forme. Ma grossesse se passe bien. Je n'ai aucune nausée, aucun étourdissement. Aucune haute ou basse pression. Pas encore de pied enflé. Je ne suis pas encore rendue trop grosse. Quoi que vous disiez, j'irai. Je ne partirai pas seule : Milan viendra aussi.

Sachant qu'il était inutile de continuer à argumenter avec moi, il me donna le feu vert pour réaliser cette mission. Milan était aussi plus ou moins en accord avec le fait de faire ce voyage, mais connaissant mon caractère bien trempé et ma détermination, il ne broncha pas et me suivit. Nos bagages furent vite bouclés et nous montâmes à bord du vaisseau militaire qu'Ismor avait dépêché pour nous. Quelle ne fut pas notre surprise de voir que Olivier et Tatiana étaient déjà à bord.

— Qu'est-ce que vous faites ici ?

— Surprise ! On va être de la balade nous aussi ! annonça joyeusement Olivier qui contenait à peine sa bonne humeur de personne nouvellement en couple.

Plutôt contente d'être entourée de têtes connues pour cette aventure, j'allai faire un tour rapide du vaisseau qui serait notre maison pour quelque temps. L'équipage nous aida avec l'ajustement de nos sangles. Dix minutes plus tard, nous étions prêts pour le décollage. J'avais presque oublié cette sensation d'accélération qui nous colla à nos sièges pendant notre ascension dans l'atmosphère. J'avais le cœur au bord des lèvres. Le petit être en mon sein ne devait pas passer un bon moment et je commençai à regretter d'être embarquée. Ismor avait peut-être eu raison de craindre pour notre sécurité à tous les deux. Après deux longues minutes qui me parurent des heures, l'absence de gravité de l'espace nous laissa enfin un répit. Nous avions emprunté notre cadence de croisière et le calme était revenu.

Les radars captèrent rapidement un signal venant d'un vaisseau volé, nous indiquant qu'il s'agissait fort probablement de notre bande de fugitifs. Ils avançaient à une vitesse fulgurante, si bien que notre distance avec eux augmenta de quelques milliers de kilomètres en quelques minutes seulement. Quinze minutes plus tard, nous faisions notre rentrée dans l'espace aérien du système solaire d'Ouran. Nos fuyards avaient vraisemblablement atterri sur la planète Quaquelon et avaient une longueur d'avance sur nous d'environ une demi-journée. Ils pouvaient être n'importe où sur la planète et nous n'avions plus aucun moyen supplémentaire pour les retracer individuellement.

Après notre atterrissage, nous débarquâmes dans un petit bar du coin. Des créatures saugrenues y picolaient en jasant de la pluie et du beau temps. Il y en avait pour tous les goûts : des hominidés aux différentes couleurs de peau et de morphologie, et des bêtes qui auraient facilement pu se retrouver dans une foire. Ils riaient, buvaient et s'amusaient ferme. Je me dirigeai vers le tenancier du bar qui avait des oreilles en forme de trompette. Il astiquait un bock de bière d'une façon maladive, cherchant à le nettoyer plus qu'il n'en faut.

— Pardonnez-moi, monsieur… ?

— Monsieur Touraine, compléta-t-il en ne quittant pas du regard sa chope.

— Oui, alors bonjour monsieur Touraine. Nous venons de Zyron. Nous sommes à la recherche de prisonniers hautement dangereux qui se sont échappés et nous savons qu'ils se sont réfugiés ici. Ils ne seraient pas passés par votre bar par hasard? Ou peut-être avez-vous entendu quelqu'un en parler?

— Vous dites que vous venez de Zyron? Pourtant, je ne crois pas vous avoir déjà rencontrée…

— Disons que c'est une longue histoire. Mes amis et moi habitions la Terre auparavant et nous avons été sauvés. Je suis sous les ordres d'Ismor, si jamais vous voudriez vérifier ces informations auprès de lui.

— Je crois que ça ira. Je vous crois, répondit-il même si son air suspicieux semblait plutôt exprimer le contraire. Pour répondre à votre question, non, je ne les ai pas vus. S'ils se sont évadés, j'imagine qu'ils ont été discrets et qu'ils n'ont pas trop voulu se montrer publiquement. Ça serait étonnant qu'ils soient venus ici. C'est toujours bondé chez moi. Ça, c'est parce qu'on peut y déguster les meilleures bières de toute la galaxie. Vous en voulez?

— Euh, non. Merci. Mais c'est gentil d'avoir proposé.

Il sembla déçu par ma réponse, mais il ne dit mot. Un client le héla et il laissa enfin sa chope. En sortant du bar, un individu passa en trombe à côté de moi, me bousculant au passage. Il était vêtu d'une longue cape émeraude qui lui couvrait une bonne partie du visage.

— Mais hey ! Ça ne va pas la tête ! Vous avez failli me briser l'épaule !

Il ne s'arrêta même pas pour s'excuser. En replaçant un peu mes vêtements qu'il avait emmêlés pendant notre collision, je remarquai qu'il avait pris l'arme que je portais à la taille.

— Voleur ! Arrêtez-vous !

Au lieu de ralentir, il accéléra ses pas. Ne voulant pas qu'il nous sème, je passai en deuxième vitesse. Au bout de plusieurs enjambées, je finis par lui mettre la main au collet.

— Voleur, montrez-vous ! Rendez-moi ce qui m'appartient.

Il continuait à se débattre tel un chat dans de l'eau bénite. Je lui forçai la main et abaissai moi-même son capuchon. Il avait une mine affreuse. Son visage était couvert de tubérosités purulentes. D'une main tremblotante, il me tendit mon fusil. Son regard ténébreux fixait le vide.

— Pourquoi vous sauviez-vous ?

— Pour rien, répondit-il avec un sourire édenté.

— Ah bon, pour rien hein. Dans ce cas, pourquoi m'avoir presque détruit l'épaule et m'avoir volée ?

— Pour rien, continua-t-il de marteler.

Excédée, je le saisis à la gorge. Je pus sentir son rythme cardiaque s'accélérer sous mes doigts. Il avait peine à respirer tellement mon emprise sur sa gorge était puissante. De la bave dégoulinait de ses lèvres gercées.

— Tu les as vus n'est-ce pas? Ils sont passés ici? C'est pour ça que tu as voulu nous fuir? Ils t'ont menacé de te retrouver et de te tuer si tu nous aidais, n'est-ce pas?

Il était au bord de l'évanouissement lorsque je le relâchai. Son corps se recroquevilla sur le sable et il leva les mains en signe de reddition. Un moment s'écoula avant qu'il retrouve la voix.

— Je n'ai rien à voir avec leur histoire. Je suis innocent. Ils… Ils avaient besoin d'un vaisseau pour aller quelque part. Ils ont dit qu'ils ne pouvaient plus prendre celui avec lequel ils étaient venus, que c'était trop dangereux pour eux de se faire prendre. Je leur ai donc prêté le mien.

— Sais-tu quelle direction ils ont prise?

Son index pointa à l'Ouest. Ne voulant pas perdre une seule minute de plus, je courus dans la direction qu'il m'avait montrée. Vingt minutes plus tard, derrière un amas de pierres, nous fîmes une découverte singulière. Le corps de Lewis reposait au sol, raide mort. Il semblait avoir été battu, sa peau étant pleine d'ecchymoses. Mue par un pressentiment, je me penchai vers lui et y découvris, dans la poche gauche de l'habit de prisonnier qu'il portait toujours, un papier chiffonné. Je le dépliai et y lut ce qu'il y avait d'inscrit :

«Nous n'en avions plus besoin. Bon débarras. Faites-en ce que vous voulez.»

— Qu'est-ce que ça dit? s'enquit Milan.

— Qu'il ne leur était plus d'aucune utilité. Il faut croire que Lewis a enfin trouvé des adversaires plus forts que lui.

Les hommes m'aidèrent à transporter le corps jusque dans le vaisseau, où nous l'enveloppâmes et le mîmes dans une chambre froide. Nous déciderions plus tard du sort que nous réserverions à sa dépouille. Ismor avait convoqué une réunion spéciale avec les autres hauts dirigeants des nations intergalactiques.

— Donc, vous dites que l'évadé Abraham Lewis est bien mort, c'est bien ça? dit à nouveau le chancelier Conroy pour être certain que Lewis mangeait bel et bien des pissenlits par la racine.

— Oui, mort et enterré. Enfin, plutôt mort et congelé.

— La menace est alors écartée? Nos peuples ne risquent plus rien? demanda, quant à lui, le roi de Ninzephor.

— Je ne dirais pas vraiment cela, corrigea Ismor. Les autres fugitifs sont toujours en liberté. Ils ont tué l'un des leurs. Ils n'ont plus rien à perdre. Je crois que toute la galaxie court un très grave danger avec eux dans les parages. Il faut les arrêter et les juger pour leurs crimes.

— Et qui se chargera d'une telle mission? Tous mes vaisseaux sont déjà occupés à percevoir les taxes. Je n'ai plus de flotte disponible ces temps-ci, argua Conroy. Ça ne pourrait pas tomber sur un pire temps.

— Je me porte volontaire.

L'assemblée semblait stupéfaite de me proposition.

— Mais l'on m'a dit que vous attendiez un enfant…

— Ah non, pas un autre sexiste qui affirme que je suis une empotée! répliquai-je un peu sèchement à Conroy. Être enceinte ne signifie pas que nous devons rester tranquilles à la maison à faire du tricot en attendant que notre mari ramène le gibier. Réveillez-vous! Nous sommes en 2065, plus en 1930. Les choses ont évolué depuis le temps. À moins de complications majeures, il n'y a aucune contre-indication à avoir une vie active pendant la grossesse.

— Forcément, Anna, tempéra Ismor. Cependant, j'ai suffisamment d'hommes qui peuvent prendre en charge ce devoir. De plus, vous venez à peine de retrouver une vie normale dans la nouvelle ville qu'on vous a construite. Vous ne voulez pas en profiter un peu?

— Oui, bien sûr, mais j'aurai amplement le temps de faire tout ça après la naissance de la petite. Vous vous souvenez de ma promesse? Celle où je vous ai dit que je combattrais pour vous. C'est ce que je m'apprête à faire. Et si ça se trouve, peut-être que nous serons bientôt de retour. Ils ne sont sûrement pas très loin d'ici.

— Qu'est-ce que vous en dites? On passe au vote? proposa Ismor.

Conroy, Ismor, Ninzephor votèrent en faveur de ma proposition. Le reste du conseil se rallia à l'opinion populaire. Maintenant, il ne restait plus qu'à convaincre Olivier et Tatiana du bien-fondé de ce voyage. En entrant dans la cabine de pilotage, Tatiana avait les jambes enroulées autour de la taille d'Olivier. Elle se décolla illico presto de lui, du rouge à lèvres barbouillé partout autour de la bouche et du menton.

— Oh... Euh... Nous étions en train de faire... un casse-tête!

Elle avait nommé et saisit la première chose qui lui était tombée sous la main, c'est-à-dire un casse-tête à moitié entamé qui traînait sur le panneau de bord.

— Inutile de nous mentir. On sait bien que vous vous tripotiez. Pas besoin de nous le cacher. En plus, un casse-tête, c'est bien trop compliqué à comprendre pour Olivier. Je ne suis pas certaine qu'il ait ce qu'il faut!

Au lieu de se mettre en colère comme il l'aurait fait jadis, il pouffa. Sa relation amoureuse avec Tatiana l'avait assagi et il montrait maintenant le meilleur côté de lui-même.

— Vous êtes venus nous déranger pour quelle raison? demanda une Tatiana beaucoup plus sérieuse.

— Comme Lewis est hors d'état de nuire et que les autres sont on ne sait trop où, je me suis proposé de partir à leur recherche.

— Et que fais-tu du bébé? De Jia?

— Jia est suffisamment grande pour comprendre et le bébé est toujours bien au chaud là-dedans pour un bon bout de temps. Je serai rentrée avant l'accouchement. Si vous ne voulez pas nous accompagner, on peut vous ramener sur Zyron.

— Tu penses te débarrasser de moi? La dernière fois que tu es partie sans moi, j'ai failli y laisser ma peau. Alors je reste auprès de toi.

— Moi aussi. Je ne repars pas seul. Je reste avec Tati. Tu es prise avec nous. Pas le choix de t'y faire. Allons botter leurs petits culs d'évadés.

Rassurée de savoir que mes amis seraient de l'aventure, j'étreignis Tatiana qui était tout sourire. Je n'aurais pas imaginé la suite sans eux. À midi pile, nous étions prêts à nous envoler vers des contrées lointaines et inconnues.

FIN

REMERCIEMENTS

J'aimerais tout d'abord remercier… ma douche! Sans elle, l'histoire que vous venez de lire n'aurait jamais vu le jour. Je lui dois donc une fière chandelle.

Trêve de plaisanteries, j'aimerais dire un énorme merci à celui qui partage ma vie, mon mari, Frédéric. Malgré les hauts et les bas, tu es toujours là pour m'épauler.

Merci à toi, ma fille, ma belle Florence, de m'avoir choisie pour être ta maman. Tu me donnes le courage de réaliser mes rêves. J'espère pouvoir t'inspirer à réaliser les tiens et à ne jamais abandonner.

Merci maman et papa de me laisser être qui je suis. Je n'aurais pas pu espérer avoir de meilleurs parents que vous.

Merci mamie. J'espère que tu es fière de moi de là-haut.

Merci à Émilie Léger pour la splendide couverture.

Merci à MiblArt pour la mise en page.

Merci Raphaëlle de croire toujours en moi, même dans les moments où je ne crois plus en moi-même.

Merci à toutes les autres personnes qui me suivent de près ou de loin dans cette aventure. Vos encouragements me donnent la confiance nécessaire pour avancer.

Et finalement, merci à vous, chers lecteurs. Grâce à vous, je peux maintenant être entendue.